U0584708

凡尔赛公主

玛丽·安托瓦内特的日记 | 1769年—1771年 |

〔美〕凯瑟琳·拉斯基 著　安琪 译

人民文学出版社
PEOPLE'S LITERATURE PUBLISHING HOUSE

著作权合同登记号　图字 01－2020－5624

Marie Antoinette：Princess of Versailles，Austria-France，1769
Copyright © 2000 by Kathryn Lasky
All rights reserved.
Published by arrangement with Scholastic Inc.，
557 Broadway，New York，NY 10012，USA

图书在版编目(CIP)数据

凡尔赛公主:玛丽·安托瓦内特的日记/(美)凯
瑟琳·拉斯基著;安琪译.—北京:人民文学出版社,
2016(2023.12 重印)
(日记背后的历史)
ISBN 978-7-02-012052-9

Ⅰ.①凡… Ⅱ.①凯…②安… Ⅲ.①儿童小说-中
篇小说-美国-现代 Ⅳ.①I712.84

中国版本图书馆 CIP 数据核字(2016)第 234808 号

责任编辑　卜艳冰　王雪纯
装帧设计　李　佳

出版发行　人民文学出版社
社　　址　北京市朝内大街 166 号
邮政编码　100705

印　　制　山东新华印务有限公司
经　　销　全国新华书店等

字　　数　107 千字
开　　本　890 毫米×1240 毫米　1/32
印　　张　7.5　插页　2
版　　次　2017 年 4 月北京第 1 版
印　　次　2023 年 12 月第 3 次印刷

书　　号　978-7-02-012052-9
定　　价　45.00 元

如有印装质量问题,请与本社图书销售中心调换。电话:010－65233595

序

老少咸宜，多多益善
——读《日记背后的历史》丛书有感

钱理群

　　这是一套"童书"；但在我的感觉里，这又不止是童书，因为我这七十多岁的老爷爷就读得津津有味，不亦乐乎。这两天我在读"丛书"中的两本《王室的逃亡》和《法老的探险家》时，就有一种既熟悉又陌生的奇异感觉。作品所写的法国大革命，是我在中学、大学读书时就知道的，埃及的法老也是早有耳闻；但这一次阅读却由抽象空洞的"知识"变成了似乎是亲历的具体"感受"：我仿佛和法国的外省女孩露易丝一起挤在巴黎小酒店里，听那些平日谁也不注意的老爹、小伙、姑娘慷慨激昂地议论国事，"眼里闪着奇怪的光芒"，举杯高喊："现在的国王不能再随心所欲地把人关进大牢里去了，这个时代结束了！"齐声狂歌："啊，一切都会好的，会好的，会好的……"我的心都要跳出来了！我又突然置身于3500年前的神奇的"彭特之地"，和出身平民的法老的伴侣、十岁男孩米内迈斯一块儿，突然遭遇珍禽怪兽，紧张得屏住了呼吸……这样的似真似假的生命体验实在太棒了！本来，自由穿越时间隧道，和远古、异域的人神交，这是人的天然本性，是不受年龄限制的；这套童书充分满足了人性的这一精神欲求，就做到了老少咸宜。在我看来，这就是其魅力所在。

而且它还提供了一种阅读方式：建议家长——爷爷、奶奶、爸爸、妈妈们，自己先读书，读出意思、味道，再和孩子一起阅读，交流。这样的两代人、三代人的"共读"，不仅是引导孩子读书的最佳途径，而且还营造了全家人围绕书进行心灵对话的最好环境和氛围。这样的共读，长期坚持下来，成为习惯，变成家庭生活方式，就自然形成了"精神家园"。这对孩子的健全成长，以至家长自身的精神健康，家庭的和睦，都是至关重要的。——这或许是出版这一套及其他类似的童书的更深层次的意义所在。

我也就由此想到了与童书的写作、翻译和出版相关的一些问题。

所谓"童书"，顾名思义，就是给儿童阅读的书。这里，就有两个问题：一是如何认识"儿童"，二是我们需要怎样的"童书"。

首先要自问：我们真的懂得儿童了吗？这是近一百年前"五四"那一代人鲁迅、周作人他们就提出过的问题。他们批评成年人不是把孩子看成是"缩小的成人"（鲁迅：《我们现在怎样做父亲》），就是视之为"小猫、小狗"，不承认"儿童在生理上心理上，虽然和大人有点不同，但他仍是完全的个人，有他自己的内外两面的生活。儿童期的十几年的生活，一面固然是成人生活的预备，但一面也自有独立的意义和价值"（周作人：《儿童的文学》）。

正因为不认识、不承认儿童作为"完全的个人"的生理、心理上的"独立性"，我们在儿童教育，包括童书的编写上，就经常犯两个错误：一是把成年人的思想、阅读习惯强加于儿童，完全不顾他们的精神需求与接受能力，进行成年人的说教；二是无视儿童精神需求的丰富性与向上性，低估儿童的智力水平，一味"装小"，卖弄"幼稚"。这样的或拔高，或矮化，都会倒了孩子阅读的胃口，这就是许多孩子不爱上学，不喜欢读所谓"童书"的重要原因：在孩子们看来，这都是"大人们的童书"，与他们无关，是自己不需要、无兴趣的。

那么，我们是不是又可以"一切以儿童的兴趣"为转移呢？这里，也有两个问题。一是把儿童的兴趣看得过分狭窄，在一些老师和童书的作者、出版者眼里，儿童就是喜欢童话，魔幻小说，把童书限制在几种文类、有数题材上，结果是作茧自缚。其二，我们不能把对儿童独立性的尊重简单地变成"儿童中心主义"，而忽视了成年人的"引导"作用，放弃"教育"的责任——当然，这样的教育和引导，又必须从儿童自身的特点出发，尊重与发挥儿童的自主性。就以这一套讲述历史文化的丛书《日记背后的历史》而言，尽管如前所说，它从根本上是符合人性本身的精神需求的，但这样的需求，在儿童那里，却未必是自发的兴趣，而必须有引导。历史教育应该是孩子们的素质教育不可缺失的部分，我们需要这样的让孩子走近历史、开阔视野的人文历史知识方面的读物。而这套书编写的最大特点，是通过一个个少年的日记让小读者亲历一个历史事件发生的前后，引导小读者进入历史名人的生活——如《王室的逃亡》里的法国大革命和路易十六国王、王后；《法老的探险家》里的彭特之地的探险和国王图特摩斯，连小主人翁米内迈斯也是实有的历史人物。每本书讲述的都是"日记背后的历史"，日记和故事是虚构的，但故事发生的历史背景和史实细节却是真实的，这样的文学与历史的结合，故事真实感与历史真实性的结合，是极有创造性的。它巧妙地将引导孩子进入历史的教育目的与孩子的兴趣、可接受性结合起来，儿童读者自会通过这样的讲述世界历史的文学故事，从小就获得一种历史感和世界视野，这就为孩子一生的成长奠定了一个坚实、阔大的基础，在全球化的时代，这是一个人的不可或缺的精神素质，其意义与影响是深远的。我们如果因为这样的教育似乎与应试无关，而加以忽略，那将是短见的。

这又涉及一个问题：我们需要怎样的童书？前不久读到儿童文学评论家刘绪源先生的一篇文章，他提出要将"商业童书"与"儿童文学中的顶尖艺术品"作一个区分（《中国童书真的"大胜"了吗?》，载 2013 年 12 月 13 日《文汇读书周报》），这是有道理的。或许还有一种"应试童书"。这里不准备对这三类童书作价值评价，但可以肯定的是，在中国当下社会与教育体制下，它们都有存在的必要，也就是说，如同整个社会文化应该是多元的，童书同样应该是多元的，以满足儿童与社会的多样需求。但我想要强调的是，鉴于许多人都把应试童书和商业童书看作是童书的全部，今天提出艺术品童书的意义，为其呼吁与鼓吹，是必要与及时的。这背后是有一个理念的：一切要着眼于孩子一生的长远、全面、健康的发展。

因此，我要说，《日记背后的历史》这样的历史文化丛书，多多益善！

2013 年 2 月 15—16 日

1769年
奥地利维也纳

1769年1月1日

奥地利维也纳，霍夫堡皇宫

我郑重承诺，即便不能保证每天，也至少做到每周在这本我的家庭教师韦尔蒙神父所赠的本子中书写日记，虽然写作对我来说不是那么容易的事。要知道我的字写得丑，还常常不知道该如何正确地拼写。尽管如此，这是我的新年目标。

此致

女大公玛丽亚·安东尼娅·约瑟法·约翰娜，日耳曼神圣罗马帝国女皇哈布斯堡王朝玛丽亚·特蕾莎及弗兰茨一世先帝之女

1769年1月3日

这是我的第二篇日记。我的决心依旧。韦尔蒙神父将为我感到骄傲。在我看来，我的拼写也既庄重又准确。感谢神父给了我这本漂亮的小日记本。它是蓝色的，那是天空的颜色，上面装饰着金色的鸢尾花——法国王室的诸多标志之一。我必须知道所有法国王室的标志！现在我要把明年必须学会的东西一一列在下面：

- 读写法语（我的法语说得很好，因为这是我们的皇室语言）
- 赌钱
- 以法国人的方式跳舞
- 以法国王室的步态行走，仿佛我整个人都飘浮在巨大的裙撑或是法国女裙的边箍之中
- 更强的阅读能力
- 更好的写作能力

为什么我非得比其他同龄姑娘，比我那十五个兄弟姐妹学得更好？为什么？因为我是未来的法国王后。这些以后再写吧。我的手和脑子都太累了，懒得解释。

1769年1月4日

我现在精神焕发，可以娓娓道来了。我现在才十三岁，在我登上王后的宝座之前，必须先成为法国人口中的"dauphine"，也就是"王妃"的意思。王妃是国王的长子王太子的妻子。法国国王是路易十五。他的儿子已经去世了。因此现在他的长孙成了王太子。名字叫路易·奥古斯特。我会嫁给他，或许就在明年。当路易十五去世，王太子就会成为国王路易十六，而我则成为玛丽·安托瓦内特王后。我们将一起统治国家。可眼下我还是女大公。我十三岁了，大家都叫我安东尼娅。我还没有准备好成为一名王妃，更不用说王后了。这件事每个人一天至少要对我说十六遍。

下面是整天对我喋喋不休的人：

- 妈妈，皇后
- 莱兴费尔德伯爵夫人，我的大主管，或者说家庭教师。为了方便我叫她露露。
- 诺维尔，我的舞蹈老师
- 拉森厄先生，法国美发师
- 韦尔蒙神父，法语老师
- 许多兄弟姐妹

我之所以没有准备好，是因为我连读写母语都不会，更何况法语呢。尽管比起写作，我的阅读能力更好些，可我就是讨厌读书。但我一点儿也不傻。我觉得有些人认为我愚蠢。可是韦尔蒙神父告诉我妈妈我很"聪明"，而且"具备学习能力，还很听话"，只是有点懒。他把这本日记本送给我，因为他觉得我要是拥有一个可以倾诉内心想法的私人空间，就会更渴望写作，还能提高我那糟糕的字迹和拼写能力。他保证永远不会读我的日记，最要紧的是，永远不会告诉妈妈我在写日记。那很重要，因为妈妈爱管闲事。十分爱管闲事。我正确拼写了"十分"这个词。神父会很高兴的，可如果他遵守承诺，那就永远也看不到我写的东西。而我要遵守跟他之间的约定，一直写下去。写日记这件事一日比一日容易起来。我想很快我就会写下更多内心的想法。下回我要把主题列下来，这样我就不会忘记了。

- 爱管闲事的妈妈
- 卡洛琳，我最亲爱的姐姐
- 我那又胖又呆板又可怕的嫂子
- 我最喜欢的侄女

1769年1月5日

写日记真有意思。而且韦尔蒙神父说我的写作和阅读都在进步。这么快！这才只有五天而已。

现在来说说我的列表。

1）爱管闲事的妈妈——我很爱我的母后。可她跟我完全不同。她可不像我那么懒惰。她从不浪费时间。更夸张的是，她在生我的时候除了产婆还叫来了一名牙医，因为她决定在分娩的同时拔掉一颗蛀牙。她觉得同一时间解决两件痛苦的事更有效率。她是个十分有条理的人。一切都井然有序。我总是把手帕放错地方，还会把扇子弄丢，就是那把属于布朗迪的好扇子，她是我从前的家庭教师，露露的前任。妈妈从不丢三落四。可妈妈却好管闲事。她想知道我的一举一动，还有我学习的一点一滴。无论我是否穿着衣服，她都喜欢窥视我的身体。她担心我的胸部太过丰满，可是跟卡洛琳在一起我才体会到她的忧虑，因为卡洛琳的胸部未免太丰满了些。"沉重的胸部会让一个年轻姑娘看上去比实际年龄大。"那是妈妈的语录之一。她有许多名言，包括她不绝于口的家训。"其他国家制造战争，但你，快乐的奥地利，却擅于联姻。"这些话用拉丁语写在宫殿里的许多顶饰和纹章上。可对妈妈来说这还不够。她总喜欢说这些——用拉丁语，用法语，用德语，还用意大利语。

妈妈的目标是让我们这些孩子通通跟国王或王后，王子或公主，男公爵或女公爵联姻。帝国因此得到发展，得到新的土地以及能在战时帮助我们的朋友或盟国。通过联姻我们或许能够得到和平。在妈妈的心里，这可是笔极好的买卖。

我想那正是妈妈这么好管闲事的原因。为了联姻，她必须巨细靡遗地插手我们的事情。目前为止她做得很好。我姐姐玛丽亚·克里斯蒂娜嫁给了萨克森国王阿尔贝特，他现在统治着奥属尼德兰，我们把他的领地称为匈牙利。玛丽亚·阿玛莉亚嫁给了帕尔玛公爵，现在是意大利的一位公爵夫人。我哥哥约瑟夫娶了巴伐利亚胖公主约瑟法，还有我最爱的姐姐卡洛琳已经同那不勒斯国王费迪南德成婚了。

要是妈妈有时间，她一定会比现在更喜欢打听我们这些孩子的事，可因为她是皇后，所以总是在工作。有时候我们一连两个星期都见不到妈妈。如果有人问我对妈妈的第一印象，我会说当布朗迪领我走进她位于夏宫美泉宫的房间时，妈妈从她的文件中抬起头来。她刚刚正透过一只巨大的放大镜阅看文件，此刻她依然手持放大镜，开始细细打量我。

我原本没打算写那么多。我累了。我的手需要休息。我要去找我哥哥费迪南德踢毽子。

1769年1月9日

我继续将内心的想法一一列下。排在第二位的是卡洛琳。该说现在还是过去？她没有死，可她也不在这儿。我已经差不多有一年没有见她了。妈妈坚持让她嫁给那不勒斯国王费迪南德。你瞧，我姐姐约瑟法比卡洛琳年长，本该由她嫁给他的，可是约瑟法死了——死于天花。于是用卡洛琳的话说，妈妈坚持让她"插手"。我深爱卡洛琳。她比我大三岁，可我们亲密无间。我们亲密得就像……让我想想……蜜蜂和蜂蜜，或者说玫瑰和刺。

一只窝里的小鸡

一根枝条上的叶子

依附着树干的树皮

你可能觉得我这么说不文雅，可卡洛琳一定会第一时间表示赞同。你瞧，人们都觉得我的蓝眼睛、金灰色的头发和白皙的皮肤美极了。卡洛琳却不是这样。她又矮又胖，脸蛋极其红润，是个刀子嘴豆腐心的人。没关系，所有的玫瑰都带着刺——卡洛琳有一次这么向我解释。而卡洛琳正是那刺。她脾气暴躁，个性独立，总是保护着我，就像刺保护着玫瑰，不让花园里那些贪婪的人近身。当妈妈要她嫁给那不勒斯国王时，她大喊大叫。妈妈说这样发脾气既轻率又粗鲁。可我全身心地爱着卡洛琳。她给我写信，可那已经不是从前的卡洛琳了。在她的信中，她看起来悲伤而无力。

我也爱我的姐姐伊丽莎白，然而可怜的伊丽莎白几乎足不出户。你瞧，伊丽莎白从前是个大美人，比我漂亮多了，而且魅力非凡，诙谐机智，可她却被天花折磨。她的皮肤变得坑坑洼洼。伊丽莎白比我大十二岁，她曾被许诺成为巴伐利亚公爵的新娘，可是当她的皮肤被毁后，婚约也就自然取消了。现在她待在自己的房间里，裹着厚厚的面纱，可是到了夏天，在美泉宫她会自由一些，换上轻薄的面纱。

在卡洛琳出嫁之前，我从她身上学到的，要比任何家庭教师，甚至韦尔蒙神父教我的都更多。

轮到单子上的三号了：约瑟法，我的嫂子。没有人喜欢约瑟法，就连我哥哥也不例外。妈妈让他娶了她。约瑟法卑鄙，古怪，丑陋，自私，而且爱发牢骚。她染上了天花，一命呜呼。大家都不怎么伤心。可是妈妈觉得我们应该装出悲痛的样子。只要恰如其分就好。于是她让我那刚巧与约瑟法同名的大姐为她扫墓。好吧，棺材里的尸体还带着余温，可怕的瘟疫一定还存在于空气中，因为第二天，我亲爱的姐姐就病倒了，不出三天就死了。

约瑟法已经被许配给了那不勒斯国王费迪南德。于是妈妈提出要卡洛琳代替她出嫁。因为卑鄙的约瑟法的死，我一下子失去了两个亲爱的姐姐，没错，还因为妈妈关于恰如其分和履行义务的看法。上帝原谅我说了这些，可要是我情不自禁地这么想，是不是要比将它们写在日记里更糟糕？请您记得，上帝，我之所以书写这本日记，是因为我要成为一个更有学识的人，成为法国王后，完成妈妈的心愿。

够了！这让我伤心，现在雪下得好大，我们已经被准许玩雪橇了。

1769年1月11日

今天我们乘坐了雪橇。我亲爱的小侄女特丽萨，我管她叫媞媞，感冒已经痊愈了，于是便跟着我们一起玩。她今年才七岁。她跟我坐在一架雪橇上。她手舞足蹈地坐在我的身后，我们呼啸着冲下斜坡。美泉宫郊外的斜坡更棒。维也纳这里的斜坡并不陡峭，实在太过平坦了。可要是我们能得到皇家侍卫长的准许，汉斯就被允许带着我们穿过多瑙河来到对岸，那里的维也纳森林向着河边倾斜。然后我们会去维也纳的最高处海尔曼山。我们明天就想去。

1769年1月13日

没时间写日记了。刚刚下了一场大雪，我们可以出发去海尔曼山了。媞媞和我兴奋极了！

1769年1月14日

再也不能玩雪橇了。上一次我们回宫的时候妈妈大发雷霆。先是我在格鲁克老师的音乐课上迟到了。就在我开始练声的时候，妈妈走了进来，因为迟到训斥了我。妈妈十分重视我们的音乐教育。她总说我们生活在全世界最美的音乐中。因为众所周知，所有最杰出的音乐家通通在维也纳生活、学习和工作。她甚至说只要音乐家离开这座城市，他的音乐才华便会失色，走得越远情况就越糟。只要想起法国音乐、英格兰音乐，她就气不打一处来，她无法想象。

无论如何，当她走进房间，她把我的手从竖琴上拿了起来。我的手又红又冷，然后她说："女儿！这可不是女大公的手，这样下去它们也不会是法国王后的手。你看起来就像一个洗碗女仆！"

接着，她命令我戴着鸡皮手套睡觉。我最讨厌鸡皮手套了。就连露露都因为她的话而脸色苍白。这种感觉太可怕了，更别提鸡皮发出的臭味了。可它们确实能让双手变得白皙柔软。妈妈曾因为担心卡洛琳红润的肤色而特别为她用鸡皮制作了一只面具，恰好能覆盖住她的眼睛和双颊。可是卡洛琳刚一上床便把它摘了下来，而家庭教师也未曾留意，第二天她只是更用力地往脸上涂脂抹粉而已。有时候我真希望自己能像卡洛琳一样在母亲面前勇敢地据理力争。可是卡洛琳终究也没有如意，不是吗？她还是不得不嫁给那个来自那不勒斯丑陋的老家伙。

1769年1月19日

不能玩雪橇的日子无聊透了。拉森厄先生今天来替我弄头发。他们说我额头太高了，发际线太靠后了。这都是因为我以前的家庭教师布朗迪，总是在我睡觉的时候把我的头发用力往后拉。这让发丝变得稀薄而脆弱。拉森厄先生是个时髦的"friseur"，这在法语中是"美发师"的意思。他为许多凡尔赛宫廷女子做头发。他十分友好，我们聊得很愉快。我从他那里学会了许多关于头发的法语词。现在我要把它们列在下面：

cheveux ＝头发

peigner ＝梳头

se coiffer ＝理发

se friser ＝烫发

épingle à cheveux ＝发夹

你瞧，我在学习法语呢。可我还是觉得没劲。J'ai beaucoup d'ennui. 这在法语中是"我百无聊赖"的意思。我想跟我的小狗炸肉排或者是我亲爱的媞媞一起去坐雪橇。

1769年1月20日

噢，我厌倦了头发、上课和跳舞。可露露说他们必须以最快的速度让我变得近乎完美，因为一名法国画家就要给我画肖像了，然后肖像会被送给路易国王和法国王太子。妈妈觉得要是他们看见我美若天仙的样子，就会加快这场政治联姻的进程。你瞧，从我九岁时便开始有了这个计划，却并没有提上官方日程，而这一切都取决于法国国王。我不知道王太子长什么样。或许他们也正努力让他为肖像做准备。他可能十分英俊，就像他那被誉为欧洲最英俊君主的祖父那样。我听说普鲁士腓特烈大帝英俊非凡，可却没有人敢在妈妈面前轻声说出这个名字。腓特烈大帝是她的劲敌。就是因为腓特烈大帝我们才必须强强联姻。差不多二十年前，就在妈妈刚刚成为女大公后没多久，腓特烈大帝向我们世袭的领土、最富有的省份西里西亚发动了侵略。妈妈从未忘记失去西里西亚之痛，并且发誓她再也不会向这个怪物供奉一厘米土地，她就是这么称呼腓特烈大帝的。她还发誓要重新收回西里西亚，而我们，她的子女，则是她计划的一部分。我们通过婚姻而非毁灭性的武器围攻敌人。

因此我必须学会跳舞。我的发际线必须长回来。我必须提高阅读、写作和玩牌的能力。打牌和赌钱是凡尔赛宫廷最喜欢的消遣方式。这些东西全都不简单。我想行军和射击可能很难，却没那么无聊。

1769年1月23日

想象一下：当我穿着前所未见的大裙撑，为了保持平衡头顶着一本书，以所谓凡尔赛的步态练习走路的时候，韦尔蒙神父向我大声朗读法国历史。毫无疑问这是妈妈的主意。"她可以边走边听。她既有脚也有耳朵。"谢谢你，妈妈。我必须掌握凡尔赛淑女特殊的步伐。步子得迈得又小又快。于是我的裙摆飘浮在光滑的大理石地面上。

1769年1月30日

露露说，妈妈因为路易国王迟迟没有发出事关我婚姻的正式信函而忧心忡忡。他显然这个月底就应该将信寄出了。每当妈妈担忧的时候，我的情绪也会被传染，因为无论她正为哪个孩子忧虑，都会让我们跟她一起去爸爸在圣芳济教堂的墓地祈祷。

1769年2月1日

猜猜我今天去了哪儿——跟妈妈一起去了圣芳济教堂。噢，我一点儿也不喜欢这个地方。爸爸去世的时候我九岁，自那以后，除了黑色以外，妈妈的身上鲜少出现别的颜色。她剪去长发，将房间漆成黑色。现在她的头发已经长长了，而她的房间也漆上了灰色。可是爸爸去世时她下令为自己打造的棺木还在教堂的墓穴中，就在爸爸的灵柩旁边，等待着她。于是妈妈每个下午都会去那里，坐在两具棺木边祈祷，一具盛放着爸爸的骸骨，另一具则空空如也。而今天她带着我为我的婚姻祈祷，为西里西亚祈祷，为打败怪物祈祷。

1769年2月4日

我想我的舞姿永远也没有露露优美。今天的舞蹈课教的不是芭蕾，而是社交舞。诺维尔老师要求露露做他的舞伴，向我展示一种特别的宫廷舞蹈。露露的舞姿曼妙极了。她几乎像是飘浮在空中。露露的头发微微泛着红色，当她翩翩起舞时，她的脸颊红润，灰色的眼眸闪闪发亮。我看得出来，诺维尔完全被她迷住了，还有小提琴演奏者也不例外。先前我迈着笨拙的舞步时，琴师还只是敷衍着拨动两下琴弦，现在却突然充满活力地卖力演奏。

对了，差点忘了。妈妈收到了一封来自法国宫廷的信，信上说他们将派出一名牙医来替我检查牙齿。妈妈觉得这是一个极好的兆头，意味着他们依然对我有兴趣。

今天当韦尔蒙神父告诉她我在阅读和写作上的进步突飞猛进时，她也乐开了花。

1769年2月5日

今晚我们要去城堡剧院听歌剧。尽管我喜欢歌剧，却不由感到紧张，因为差不多两年前，也是在那里，发生了最最尴尬的一幕，令我永生难忘。我每每想起，依然感到面红耳赤。当时妈妈没有跟我们同行，只有约瑟法、卡洛琳、费迪南德和我坐在皇室包厢里。就在女高音的咏叹调演到一半的时候，妈妈突然冲了进来。"我的利奥波德有儿子了！"我们的哥哥利奥波德是托斯卡纳大公。他的第一个儿子出生了，以我们父亲的名字命名，而妈妈则因为长孙的降世兴奋不已，于是不得不中断了演出。我当时羞愧无比，恨不得躲到座位底下去。我的脸就像包厢里的天鹅绒靠垫一样红。想到这件事我还是忍不住要掉眼泪。我怀疑帝国里再没有一个姑娘像我一样被她母亲弄得如此尴尬。可至少今晚应该不会有宝宝降生。

1769年2月6日

歌剧棒极了，虽然露露觉得男高音像是得了感冒。露露很有乐感。然而今年的剧院之行还是发生了一件令人沮丧的事——不，没有婴儿降生，只是我被安排坐在皇室包厢的第一排。一般来说这个位子是留给皇后和我的大哥约瑟夫以及他的妻子的，尽管她现在已经不在人世了。可是这回我被安排坐在那里，我能感觉到人们注视的目光。我被推出来向公众展示，而妈妈早前已经让我戴上了她那配有星彩蓝宝石坠子的钻石项链，他们还把我的紧身胸衣调到最紧。一开始我几乎透不过气来，直到胸衣自己松了下来。现在我知道这么做的原因了。露露做出了解释。他们想让我以未来法国王后的身份出现在众人面前，更何况那里有一个庞大的法国代表团，尤其是法国大使舒瓦瑟尔公爵，而我们最重要的外交官考尼茨亲王，就坐在他的身边。是他和舒瓦瑟尔在1756年起草了《凡尔赛条约》，也是他们两个想出让我嫁给法国王太子的主意，我想当时连妈妈都未必有这个盘算。不过，以我对妈妈的了解，这似乎不太可能。好吧，总而言之，一定是他们制定了结婚契约，并且落实所有的细节。因此以上就是将我向众人展示的原因。

1769年2月8日

　　我在歌剧院被当众展示的事完全不能与今晚的

舞会相提并论。我得跟拉森厄先生一起度过四个小时的漫长时光。他坚持要把我的头发做成最新的宫廷式样。你或许会觉得奇怪，怎会需要四个小时。好吧，下面来说说他们对我的头发都干了些什么。他们先将头发分成一小束一小束，然后紧紧地编在一起，固定在我的脑袋上，于是就好像有至少一百只蜗牛爬在我的头盖骨上。接着，他们将马毛做成的衬垫别在这些蜗牛上。又在衬垫上加了假辫子。之后，他们给我余下的松散的真发涂上一种刺鼻的发油，撒上粉，最后把头发高高地堆起来。那高度是你无法相信的。拉森厄先生给这座建筑物饰以丝绸做的玫瑰和镶着真羽毛的玩具小鸟。我知道媞媞喜欢这个，于是在口袋里藏了一只，打算送给她。所有这些工序一共花了四个小时。

我的裙子是用蓝紫色的缎子做的，人们叫这种式样"engageantes"，在法语中是"迷人"的意思，会随着身体的动作而颤动，简直美极了。可这也是最奇怪的。在所有荷叶边的下面，好几个泪滴形状、带塞的小玻璃瓶被放置在鲸骨做的裙箍上，每只玻璃瓶的底部都有一滴蜂蜜。连妈妈都感到一头雾水。"这是什么?"她问。

"啊,陛下,"法国女裁缝说,"这是为跳蚤准备的。"

"什么?"妈妈惊呼,"我女儿又不是狗。她身上没有跳蚤。"

"啊,不!不是的,陛下。引来跳蚤的不是您的女儿,是她头发上的发油。这小麦粉做成的浆糊会引来跳蚤。"

"简直匪夷所思。"妈妈嗤之以鼻,然后便走开了。

无论是否匪夷所思,如果这么做能嫁给一个即将成为法国国王的男人,那么,又有何不可呢!

1769年2月9日

我要告诉你什么才叫匪夷所思——被迫把脑袋搁在木块上睡觉。是的,我为了保护这个耗时四个小时做成的发型,不得不这么做。之所以要保护它,是因为今晚还有另一场舞会，而我又要被展示一次了。所以我的头发会完美无缺，可我的眼睛却会因为睡眠不足而发红。

1769年2月10日

昨晚的舞会让我最高兴的就是看着露露跳舞。最后一支舞诺维尔先生和露露跳了一曲苏格兰里尔舞。大家都很喜欢。妈妈坚持要他们再跳一次。

1769年2月11日

今天在舞蹈课上，我向诺维尔先生抱怨了他昨晚的最后一支舞，并且说我希望等我嫁给法国王太子的时候，我能把苏格兰里尔舞跳得尽善尽美，这样才能教我未来的丈夫。诺维尔先生吓坏了，脸皱成了一团。"不行！不行，殿下。凡尔赛宫廷不允许跳苏格兰里尔舞。"我大吃一惊，追问原因。他只说他们有自己的规矩、自己的礼仪，或许对宫廷来说这种舞蹈太过粗鲁。我还从未听说过这么愚蠢的事情。这种舞蹈既有趣又活泼。那些愚蠢的宫廷舞蹈又慢又无聊，我跳的时候站着都能睡着。

1769年2月12日

我想我还能保有隐私的日子已经屈指可数了。关于这桩婚姻我有许多古怪的念头。这很难解释。我并非不情愿。我想跟王太子见面，而且我敢肯定自己会爱上他，但事情没有那么简单。我想，凡尔赛宫廷同我们维也纳皇室截然不同。凡尔赛是个十分错综复杂的地方。他们有许多复杂的游戏。那就是我必须学会赌钱的原因。但还不止如此。露露说他们做每件事的方式都很特别。只有某些人可以在餐桌上为王室倒酒，而且他们穿衣的步骤也极为繁复。在这里我身边只有莉泽尔或布伦希尔德帮我穿上衬裙，有时候露露会监督紧身衣上的束带，可是在法国凡尔赛宫廷，一般的女仆根本不可能触碰王妃或王后的内衣。不，只有 Femme d'honeur，即法语中的"女官"——一个出身高贵的女士被允许帮助王妃穿上衬裙、紧身衣和"贴身亚麻布"。是的，在那里他们就是这么叫它的。卡洛琳和我管这种内衣叫"私底下"。这是我们自己发明的叫法。好吧，是卡洛琳想出来的。她在这种事上可聪明了。

现在露露告诉我只有女官可以帮我穿贴身亚麻布，不过拿走换下来的脏衣服的工作则由梳妆侍女——女仆的一种——来担任。还有一个梳妆下女协助侍女，做一些别的工作。而要是你在错误的时间要求错误的人拿走错误的内衣，这错误将是致命的。我怎么可能通通学会呢？露露说她会为我做一张表，好让我知道谁负责什么工作。我怎么可能现在就把这张表记住呢？要知道我还得学习法语中的过去完成时，我觉得这种时态德语中根本就没有，即便有我也从未听说过。要学的东西实在太多了！

1769年2月14日

舞会很成功，妈妈对我给大家留下的印象十分满意。于是昨晚我终于摆脱了木块，可以枕着枕头睡觉了。露露和莉泽尔花了很长时间才把我头发上的发油和粉末擦干净。我有没有说过我戴着印度红宝石钻石项链？他们原本想把头发染成粉红色，因为他们觉得这样才能更好地衬托出红宝石，可我不同意。我说我只要蓝色，淡蓝色跟我的裙子相配，也能真正突出红宝石的色泽。妈妈称赞了我的决定，以及我正在进步的法语。尽管妈妈的法语要好得多。有时候我觉得鉴于妈妈是女大公，而路易十五又是国王，或许最简单的办法就是让妈妈嫁给他。她喜欢说法语，尤其喜欢用法语喊腓特烈大帝怪物。你真应该看看，当她跟舒瓦瑟尔公爵或其他来自法国宫廷的人说话时，是怎样发音和表现的。"那个怪——物！"她拉长尾音的时候，脸不知不觉变成了一个完美的椭圆形，而眼睛几乎要瞪出来了。

1769年2月18日

我用自以为开玩笑的样子把我想到的让妈妈嫁给

路易十五的主意告诉了露露。"怎么了？他是个鳏夫。妈妈是个寡妇。为什么不行？"而她的脸色则变得愈发阴沉，嘴唇紧闭。"告诉我！"我命令她。

于是她说国王有一个十分亲密的女性朋友，一个名叫杜巴利的情妇，杜巴利夫人，现在有谣言说，她可能会入住宫廷。我轻轻地应了声"哦"。接着露露又加了句："她粗俗不堪，十分平庸。"

好吧，太可怕了，我心想。接着露露又嘀咕了一句："从街上来的。"我几乎倒抽了一口气。不，不是几乎。我确实倒抽了一口气。

现在我真的被弄糊涂了。一个王室成员有"街上的朋友"，可是与此同时这个宫廷里关于谁能替国王斟酒，谁能帮王后穿睡衣又有数不清的礼数，世界上怎么会有这样的宫廷？我想当我到了那里，一定会彻底迷失方向。

1769年2月27日

我知道我已经整整一个星期没有写日记了，可我实在心烦意乱。自从卡洛琳嫁给那不勒斯国王离家后，差不多一年以来，我一直在想她为什么只寄来寥寥几封书信，而且字里行间也同从前的她判若两人。好吧，现在我知道了。一直以来答案就在我的眼皮子底下。我的壁橱里有一只放旧娃娃和娃娃衣服的箱子。我已经有一阵子没有玩这些玩具了，可今天当媞媞在我房间的时候，我想要是把娃娃拿出来，我们就可以替它们穿衣服，或许还能给它们的头发涂上眼下巴黎最流行的发油和香粉，一定会很有意思。卡洛琳和我以前一玩就是几个小时，她一定早就知道我迟早会把目光投向那里。我在我们最喜欢的娃娃的内衣下面发现塞着一封信，不是出自卡洛琳之手，而是妈妈写给卡洛琳的。我会把信的内容抄在这本日记里。它写于1767年8月19日，就在妈妈告诉卡洛琳她要嫁给那不勒斯的费迪南德后不久，也就是在卡洛琳尖叫着跑过大厅，而我跑去找妈妈，求她把费迪南德赶走以后。

　　亲爱的卡洛琳：

　　　　该是你懂事的时候了。我无法忍受你的小妹

妹安东尼娅为了这桩婚姻向我大发脾气。我现在警告你，彻底跟你的妹妹安东尼娅一刀两断，因为我发现她正不断劝阻你接受这门亲事，并且跟你说费迪南德的各种坏话。一个男人是胖是瘦，是英俊还是丑陋，这些都不重要。他会成为一个好丈夫。他有领土，并且能增强我们帝国对抗怪物腓特烈的实力。小安东尼娅用她那不守规矩的言行危害了你我以及帝国。因此我禁止你跟她有任何秘密联系。你应该谨言慎行，切勿违抗我的命令，向你那愚蠢的小妹妹寻求慰藉或互通书信。你必须承担自己对我和帝国应尽的义务，你应该通过嫁给那不勒斯国王费迪南德履行自己的职责。记住，成为一个王后可要比当一个姐姐和老姑娘更重要。

你真诚的母亲

神圣罗马帝国皇后玛丽亚·特蕾莎

事情就是这样。那就是为何我很少收到卡洛琳的信，即便有，也不像出自她之手！我们两个，身在那不勒斯的卡洛琳和在维也纳的我，一直被监视着。为此我很生妈妈的气，我希望至少一个星期不要看见她。我不知道该如何隐藏自己的愤怒。我意识到或许没有一个人是我能够信任的。就连露露也不例外，因为露露依赖于取悦妈妈过活。当然，媞媞不知道我怎么了，而我也不能一五一十地告诉她。于是我只能收回眼泪，若无其事地跟她一起玩洋娃娃。

媞媞在箱子的底部发现了一些小玩意儿，用它们为娃娃设计了一条项链。接着她给娃娃的头发扑上粉，将它染成了蓝色。"瞧，姑妈。这是你。帝国最美丽的女子。这是你，法国王后。啊，美极了①！"媞媞大声说道。我被她的法语逗笑了，夸她聪明。就在我哈哈大笑的时候，突然之间，我有了一个奇怪的念头，眼泪夺眶而出。媞媞不断地问我怎么了，我只是说："没事，什么事都没有。"可我想到的是，毫无疑问我一定漂亮极了，一个丑八怪既不会被向众人展示，也不会受到监视。我一定光彩夺目。无论我是哭是笑从来都光彩夺目。我一定让人眼花缭乱，于是没

_____

① 原文为法语。

有人会看到真实的我。我只是一件明亮而闪耀的东西。噢，日记啊，幸好我还有你。可现在我觉得我必须把你藏起来，尽管有钥匙才能将你打开，因为，是的，到处都是间谍。

1769年3月4日

差不多有一个星期没有见到妈妈了。她一直在跟舒瓦瑟尔公爵以及另一位法国大使迪尔福尔侯爵开会。这对我来说倒是件好事，让我在跟她见面之前有时间积聚更多的力量。我还是非常生气，可我觉得我可以更好地隐藏这种情绪了。要说我最不想做的一件事，就是在妈妈面前哭泣。

虽然我不跟妈妈见面，她每天还是会传来口信和便笺。今天早上刚传来了一条，告诉我她已经命令韦尔蒙神父在给我上法国历史课的时候让我熟悉所有法国陆军上校的名字和他们军团的颜色。这正是妈妈会做的事。据说1756年，当怪物进军萨克森，帝国和普鲁士的战争爆发的时候，妈妈亲自核查了许多要被送上前线的物资。她坚持更换了一批毛毯，因为它们实在太薄，无法为勇敢的战士们抵御严寒，她甚至典当了许多自己的珠宝，目的是更好地装备前线的士兵。

1769年3月5日

今天来自妈妈的另一条口信命令我应该花更多的时间学习路易十四的治国之道。他在本世纪早期统治法国，而我是他的后代。

1769年3月6日

天哪，妈妈今天要见我。我紧张极了。我知道她打算考我路易十四的事迹，还有那些军团的颜色。

1769年3月7日

根本没有所谓的测验。妈妈的心情好极了。一个肖像画师从法国被派来专程替我画像，然后将我的画像带给路易国王和王太子。妈妈高兴得忘乎所以。她几乎围着考尼茨跳起舞来，还用力拽着他的胡子，眼睛闪闪发光。"我们又向前进了一步，进了一步，我的亲王，"她滔滔不绝，"还有你，我的小 bijou（在法语中代表着'珍宝'），我们一定得让拉森厄来替你做头发。发际线又长回来了。瞧，考尼茨。"她把我带到亲王面前，让他检查我的额头。"让诺维尔带你跳舞怎么样？"她又问。

"妈妈，画像中的我是静止的，既不能跳舞也不能走路。"我说。所有人都开怀大笑，妈妈的笑声最大。接着她捏了捏我的脸颊，把我叫做她的小 Leibenkügel，就是"甜食"的意思。要知道，妈妈以前从没有对我如此柔情蜜意。然后她说："你们瞧，先生们。"因为在场的除了考尼茨，还有妈妈的驻法大使梅西·阿让托。"你们瞧，先生们，"她说，"她聪慧过人。她不输给凡尔赛宫廷里那些女人中的任何一个。"妈妈在说"那些女人"几个字的时候，我突然感到一股寒意传遍了全身。好像她并不尊重她们，又感觉她们在某种程度上道德败坏，如果这是真的，妈妈又为什么要把我送去那里？我好想问问她，可是我害怕。

1769年3月10日

今天法国画师到了。他叫杜克莱先生，是粉笔画方面的专家。事实上，他不仅被命令替我画像，还要替我们的其他家庭成员作画。当妈妈听说了这个消息以后，她的眼睛眯了起来，说她知道法国人的意图何在。不过她说的是德语，因此我相信杜克莱听不懂。"太狡猾了。他们不想让订婚的进程太显眼太明确。我知道那个老狐狸路易在干吗。小鸡孵出之后才算数！啊哈！那好，当他看到我的小鸡的时候，就没办法阻挡他的孙子爱上她了。"

我希望杜克莱先生听不懂德语。因为作为一只能听懂德语的"小鸡"，比如我，觉得这话十分令人不快。

1769年3月11日

杜克莱先生真的听懂了！我羞愧极了。可是他却很和善。他说："不要脸红，女大公，不然我就没有足够的深红色来画您的裙子了。什么也别怕，您是我画过的最可爱的生灵。您那么年轻，那么充满活力。"当拉森厄先生提着装有假发和一桶香粉的篮子进来的时候，杜克莱先生把他赶了出去。"不！不！什么都不要。难道你要给樱桃树上盛开的鲜花扑粉吗？难道你要替绽放在初春的铃兰染色？你疯了吗？"接着，他跟我分享了许多令人愉快的故事，比如凡尔赛周围的森林多么秀美，还有可爱的林间小道，尤其是春天时当野生球茎植物刚开始出现，数以万计的雪花莲从地里冒了出来。噢，听上去美极了。我真的很喜欢杜克莱先生。他似乎在各方面都富有艺术才华。他话说得漂亮，画得也好。

1769年4月5日

真对不起，亲爱的日记，我好长时间都没有写了，但是过去的三个星期我真的病得很厉害。包括妈妈在内，每个人都染上了胸膜炎。现在她为我们所有人制定了一项严格的疗程，我们被要求一天至少喝一杯驴奶。她说治疗咳痰胸闷，驴奶比牛奶更有效。这并非医嘱，而是她提出的建议。妈妈说如果她不是皇后，就会成为一名医生！她总是这么说，甚至在克莱恩兹医生面前也不例外。他已经对此习以为常了。他只是笑而不语。我想妈妈一定觉得自己无所不能。我经常听到她叹息说要是自己有时间——也就是说如果她不是神圣罗马帝国的皇后。我要做张单子，将妈妈说的如果她不是皇后可以从事的职业一一列在下面：

- 医生
- 歌剧演唱家
- 驯马师
- 药剂师
- 火炮军士

她其实曾说过，1756年怪物侵略萨克森时，她很想成为火炮军士，她还检查了一台新炮架的轴系零

件。她对战士们说，如果她不是皇后，她很乐意"用
这台大炮从背后把怪物轰走"。这让她受到了士兵们
的喜爱，并由此诞生了一曲在战场上被大声传颂的打
油诗：

趴下，普鲁士来的弗雷迪，
让皇后陛下瞄准。
你的屁股会飞到俄国，
你的脑髓会溅到阳光灿烂的西班牙。

这就是我的母亲！

1769年4月6日

为了让杜克莱先生画像，我又摆好了姿势。前几
个星期我病得很重，因此他只能画裙子和背景。他觉
得再用一个星期就能画好，然后就可以把画像寄去法
国。我希望他们会喜欢我。我希望王太子会觉得我漂
亮。我拼尽全力摆出甜美的表情以及和善的眼神。当

杜克莱在画的时候，我一直在想如何能让王太子高兴。我想到了可以同他分享的小玩笑和打油诗。我不知道自己是否有胆量把军中关于妈妈的打油诗告诉他。这首诗真的很有意思，可我觉得自己一定会面红耳赤。我是说，我无法想象在一个即将成为我丈夫的男人面前说"屁股"这个词。天哪，光是现在想想，我就在只属于自己的卧室里脸红了。

1769年4月17日

最近都没怎么写日记。我夹在庆祝复活节以及打算从宫廷搬到美泉宫的混乱的准备工作中，实在分身乏术。现在就连韦尔蒙神父和舞蹈老师诺维尔先生的课都停了。神父惊叹于我的进步，对我眨了下眼，说："我想你的小朋友帮上忙了。"他说的是你，亲爱的日记本，在过去的几个月里你真的帮了我大忙。神父第一天带你走进我的房间，把你交给我，真是上天赐予我的恩惠。你的身上装着一把锁，可是你却让我打开了心扉，让我道出内心最深处的所思所想。

我的画像正在运往法国凡尔赛宫廷的路上。每次我一想到这件事便忧心忡忡。他，王太子，会怎么看我？要是我不够漂亮怎么办？要是我的眼神呆滞又或严厉该怎么办？我以前觉得画像中的我长得跟自己一模一样，可是光凭画像怎么能判断她本人的长相？我是说，我并不知道路易·奥古斯特长什么样。他或许是世界上最英俊的年轻人。他或许就像来自奥林匹斯山的天神。那么法国宫廷女子大概就能媲美阿佛洛狄特①了。没错，他们就是这么评价路易国王的前任"好友"，蓬帕杜尔侯爵夫人的。我的样子大概就像一只可怜的凡尔赛教堂老鼠。

天哪，我紧张极了。我只能每晚向上帝祈祷，王太子不会感到失望，可要是下个月没有收到正式的求婚，我一定会抓狂。妈妈又会怎么做呢？我猜她会让我像住在布拉克一座修道院的长姐安娜一样当一名修道院院长。妈妈已经让伊丽莎白做了因斯布鲁克一座修道院的院长。她们不用住在那里。她们只需要偶尔

———————
① 主神宙斯之女，爱与美的神神，相当于罗马神话中的维纳斯。

去那里视察。这就是那些找不到丈夫的女大公们的命运。

1769年4月25日

美泉宫

我们终于来到了这里。还有比搬宫更吵闹更混乱的事吗？为了更好地迎接第二天，我们所有人一到了那里就必须上床睡觉，毫无疑问，只有在跟几个大臣会面的妈妈除外。当我们出发去美泉宫时，总共有一千名随行人员。光皇后的马车就有二十三人陪同，其中包括她的女官、女仆、盘子主管，即专门负责保管她的钱币和银器的人、宫廷亚麻主管、药剂师。除了寻常的朝臣、号兵、男侍，以及骑马的卫兵以外，还有四辆被专门设计用来装载各式器皿和食物的厨房马车。噢，对了，还有一辆专门为告解神父、牧师准备的四轮大马车，以及十八辆装载着我们的行李和其他必需品的马车，其中有两辆是为放置乐器准备的。

1769年4月27日

　　住在美泉宫真是太开心了。这里的一切都轻松多了。我们每天都被允许去野餐。只有汉斯和露露跟我们一起去。妈妈身边的女官没有一个被要求随行。不过，昨天我邀请了神父加入我们的第一次野餐，而媞媞请来了伊丽莎白。伊丽莎白摘下了在维也纳时戴着的黑色面纱，转而用白色面纱覆面。我想她喜欢阳光穿透面纱的感觉，这令她感到温暖。今天当她坐在云雀牧场的织锦上时，我在一旁观察着她。那里是我们最喜欢的野餐地之一，因为那里有许多云雀。她身材完美，姿态优雅。透过面纱我能看见她的脸部轮廓。比我漂亮多了。她的脸庞那么精致。他们说我们哈布斯堡家族都长着略微有些突出的下唇。这是真的，可是伊丽莎白却是个例外。她的眼睛是紫罗兰色的。一只云雀啼唱了起来，她拉着我的手说："听，安东尼娅！听！"接着她随着云雀的歌声在我的手掌上打着节拍。我看着她，透过面纱我看见她在微笑。她幸福的表情是我前所未见的。

1769年4月29日

今天我们又举行了一次野餐，还骑了马。没有妈妈在场，我没有横坐在马鞍上，而是两腿分开骑在马背上。妈妈自己也经常这么骑马，可是突然就说我不应该这么做。我想这应该是法国人提出的。真是荒唐，要知道跨骑才能更好地保持平衡。跟我在一起的有费迪南德、汉斯、露露（当然她采用了横坐的姿势），还有我弟弟麦斯，他只比我小一岁。麦斯是个出色的骑手。我们喜欢比赛。

1769年5月5日

妈妈对我大发雷霆。我想我从没见过她如此生气。麦斯和我今天又去骑马了。我们从平日喜欢的一片树林中飞奔而过，来到了一条小溪。好吧，今年的水位比我们预料的要高，我的裙子很快就浸湿了，全身上下都被溅上了泥巴。当我们回到院子里，妈妈正和一群绅士站在那里。我从他们的衣着看出他们来自凡尔赛宫廷，因为他们的制服是金色和淡蓝色的，就跟你的封面颜色一样，亲爱的日记本。我吓得六神无主。鉴于我浑身是泥，当然，还跨坐着骑马，有那么一瞬间我以为或许不会有人认出我。

我被吩咐走近一些，于是我依言照做，并且从马鞍上滑了下来。妈妈看起来就像一具石像。我行了个屈膝礼，一团泥巴从我的脖子上掉了下来。"安东尼娅，"妈妈说，"你一定记得迪尔福尔大使和他的顾问们。"我简直无地自容。"我想你最好退下，沐浴更衣。"她说，声音冷得像块冰。

噢，天哪，我是不是把一切都毁了？我该怎么做才能向妈妈弥补过失？我感觉糟透了。妈妈传来一张便笺，让我明天一早去她的房间见她。

1769年5月6日

好吧，我已经见过妈妈了。事情比我想象的更糟糕。妈妈既没有尖叫也没有大声责骂——众所周知她以前就是这么做的。不,她一动不动,一声不吭。她只是愤怒地瞪着我。我想,足足有四分钟,她一个字也没说,然后她让女官和卫兵退下!我从未想过她会这么做。真的,这是我有生以来第一次同妈妈单独相处。这感觉真奇怪。她让侍从们离开以后,只是继续盯着我。时间一分一秒地过去。而她只做了两个小动作,但她却确保我注意到。她转动了戴在左手无名指上的结婚戒指,接着又转动戴在中指上的神圣罗马帝国钻石戒指。随着这两个小动作,我明白我在赋予我的那项令人心惊胆战的任务中一败涂地。我毁了自己的婚姻前景,也危及帝国。在这短短的几秒钟里我仿佛能感觉到怪物的虎视眈眈。接着妈妈说:"出去!"这几个字让空气都变得灼热。

1769年5月7日

我今天去见了告解神父。他为我念经祈祷,可我希望他念得越多越好。我希望他让我穿粗糙的羊毛衣服，一个星期不能吃肉，只以不加糖的燕麦粥为食。可他却并没有这样做。我想，我必须自己寻求赎罪的方式。

1769年5月10日

我读了去年生日妈妈送给我的冥想书籍。我错过了两次野餐。过去的两天我一连十个小时坐在小教堂里，并且拒绝吃肉。

1769年5月11日

今天伊丽莎白到我屋里来。她带来了一盘肉、一碗浓肉汤，还有一杯驴奶。当我看见驴奶的时候，我知道妈妈不得不插手了。

伊丽莎白虽然戴着面纱，却是宫廷中最理解我的人。她轻声细语。她的话犹如一股夏日的微风吹拂着面纱。"你想穿破烂的礼服，你想像僧侣一样鞭打自己，你只想吃面包和清水，这样你会觉得自己向妈妈弥补了过失。可妈妈太聪明了，她知道什么都不说，不让你赎罪才是最严厉的惩罚。她说你没有办法弥补。而且，她也决不会让你用粗糙的衣料擦破自己柔嫩的皮肤，因为害怕你的脸颊失去血色，也不会允许你吃素，而且……"

这时我打断了她的话："我在王太子眼里就会变成一个丑八怪。"伊丽莎白点点头，面纱随着她的动作微微摇曳。"我明白。"我说。

她接下来说的话让我大吃一惊。"你并不是什么都明白，安东尼娅。"我问她是什么意思。接着伊丽莎白说出了最惊人的事。我尽自己所能记住她说的每一个字，把它们写在这里。"只有在你允许她这么做的前提下，妈妈才有能力这样惩罚你。妈妈擅于给人们洗脑，让他们屈从于她的意志。可是不要让她这样惩罚你。没错，你是犯了错。可你没有犯罪。她告诉告解神父不要为你念太多的经文，或是向你施加苦行，因为她知道自己亲自操刀效果更好。告解神父知道上帝的权利范围，也知道奥地利的权利范围。你只是违背了……"

"奥地利。"我开口。

可是伊丽莎白却打断了我，口吻是从未有过的严厉。"不！是妈妈对奥地利的打算。"那一刻，我的视线仿佛穿透了伊丽莎白的面纱，我眼前的女子身心自由，摆脱了妈妈，摆脱了奥地利，摆脱了帝国和那些所谓的丈夫，她心中只有自己的生命之歌以及对上帝的爱。如果人们，尤其是女人们，知道伊丽莎白的秘密，她就会变成帝国、欧洲、全世界最受人嫉妒的女子！

1769年5月14日

我现在在野餐。每天在小教堂待的时间从五个小时变成了一个小时。我勤奋地练习竖琴，并且请伊丽莎白帮忙，此外，我每天都会花一些时间努力将全部的注意力集中在伊丽莎白曾说过的话上：不要让妈妈替我洗脑。这很困难，因为即便妈妈不在附近，她的存在感依然很强。真的得全力以赴才能将妈妈赶出脑海。我并非想挑衅妈妈的权威，我只是试图拥有自己的想法，不让她的意志如此彻底地改变我的本性。毕竟那是我的天性，而不是妈妈的。人们总说我的性格很像亲爱的爸爸，但一定不只是这样。有些东西属于我，只属于我。

1769年5月19日

今晚将有一场化装舞会。有意思，我压根没有想过要说服伊丽莎白出席。媞媞不明所以，因为这是我们的大计划。要向她解释清楚太难了。她还太小。可现在我已经知道伊丽莎白是个多么完美、多么快乐的人，试图强迫她参加一场化装舞会似乎实在愚蠢。

1769年5月20日

舞会美极了。他们把舞池搬到了玫瑰花园，用巨大的火炬提供照明，还将喷泉水染成了粉红色。我不停地跳舞，直到筋疲力尽。诺维尔先生戴着老鹰面具昂首阔步地向我走来，在我耳畔轻声说法国代表团被

我的加伏特舞迷住了。我并没有完全掌握所有复杂的
法国舞蹈动作。它们比我们简单的奥地利舞难多了。
然而，他称赞我在结尾加上的并步跳十分巧妙，因为
这个动作露出了我的脚踝。我当然不是故意的。我希
望妈妈没有看见。她会生气的。自从来到美泉宫以
后，媞媞和我上了很多芭蕾课，我猜一定是芭蕾在潜
移默化中影响了我的舞姿。并步跳是将腿和脚伸直。
当然了，一定会脚尖点地。我似乎就是这么做的。

1769年5月23日

自从那场事故以来，这是我第一次骑马。我没有
跨坐在马鞍上，也不曾策马飞奔过泥潭。于是就没那
么有意思了。

1769年5月27日

妈妈已经回维也纳几天了。她每年夏天都是如
此，因为她想去爸爸的墓地看看。她无法忍受长久地

与爸爸分离。于是我今天跨坐着骑马，不过没有溅到泥巴。还是挺有趣的。

1769年5月28日

跨坐在马背上，溅了一身泥。更有意思。

1769年5月29日

妈妈今天回来了。我横坐在马鞍上穿过一片牧场。

1769年6月2日

我哥哥利奥波德和他的妻子西班牙公主玛丽·路易莎今天来到了美泉宫。他们的儿子弗兰茨可爱极了。他就像一个胖胖的小天使，美好而珍贵。他一直笑呵呵的。这让媞媞和我大吃一惊，因为玛丽·路易莎从来不笑，是我见过的最严肃、最忧郁的人。

1769年6月4日

小弗兰茨跑过长廊，他的保姆在后面追他，正好看见媞媞和我跟诺维尔先生在练习芭蕾。他冲了进来，径直走向把杆。他个子太矮，几乎够不到它，可是他的动作却做得跟我们一模一样。诺维尔先生高兴极了。我觉得这孩子是个天才。他模仿我们的一举一动，踮着脚尖，举起胳膊摆出第一手位。

1769年6月5日

小弗兰茨就像一束阳光照亮了这座宫殿。连妈妈也被他迷住了。她送给他一只小狗和一匹小马，而他则喜欢爬到她的膝上，玩她经常佩戴的翡翠吊坠。知道吗？我已经不记得自己是否曾坐在妈妈的膝上。有我们十六个孩子，她一定忙得不可开交，尽管有三个夭折了。马克西米兰、费迪南德和我刚好都只有一岁之差。她根本就没有时间把我们抱在膝盖上逗我们玩。爸爸反倒没那么繁忙。尽管他顶着皇帝的头衔，却并非从呱呱坠地之日起便拥有统治权。妈妈才是。爸爸曾是洛林公爵。洛林是我们的一处领地。尽管它现在是奥地利帝国的一部分，却坐落在法国东北角。作为一片中间地带，它经常引发法国和奥地利，以及普鲁士和西班牙之间的争端，因此十分麻烦。是爸爸妈妈的婚姻引发了一场现今被称为奥地利皇位继承战争的可怕骚乱。法国人想让这个讨厌的巴伐利亚大老粗登上皇位。而妈妈成为皇后的唯一办法就是把洛林送给波兰，并且达成协议，一旦爸爸去世，它就要回到法国人的手里。于是1766年，协议被履行。现在如果我嫁给法国王太子，成为法国王后，我至少可以统治这片曾经属于爸爸的土地。这是最让我高兴的，我也希望爸爸能含笑九泉。

1769年6月7日

　　妈妈要我每天早上都去见她二十分钟。露露陪着我，我们会复习凡尔赛宫廷礼仪。我想当我看着妈妈读那些露露为我准备的表格时，她有时候都不得不承认这些对她来说也未免太难了。今天早上她柳眉倒竖。"这是什么？既有女官，又有梳妆侍女，还有第一贴身侍女、梳妆下女和一个服装保管员？所有这些人都来服侍你穿衣服？"

贴身侍女有权售卖王妃或王后丢弃的旧衣服，根据需要她们可以收归己有，还能独自使用卧室里的蜡烛和棋牌室，这两点尤其令妈妈讨厌。我问妈妈为什么不喜欢，她简单地回答："这赋予了她们太大的权力凌驾于职位比她们低的人；她们可以通过这种方式用她们的影响力做交易。这样不好。我永远也不会允许。"

其实，我的直觉告诉我，妈妈觉得整个法国王室体系太过复杂，而且花钱如流水。"两个人服侍沐浴！荒唐！从你六岁开始就自己洗澡了，"她顿了顿，"当然，要是你坚持在泥溪里策马狂奔，可能需要四个人服侍你洗澡！"我觉得自己似乎看见妈妈的眼睛微微忽闪了一下，她的嘴角抽动了一下。可是在我浑然不觉的时候她突然快步离开了房间。不过我想这是妈妈第一次开玩笑。我觉得棒极了。妈妈开了个玩笑！

1769年6月13日

天哪！终于来了——来自法国王太子的求婚！路易十五的私人使节今天抵达了维也纳。我立即被召唤去了妈妈的避暑别墅凯旋门，最炎热的日子里她都在那里工作。我不知道我为何被召唤。我还以为可能是玛丽·路易莎把我们去野餐的事告诉了妈妈，我又要因为在外撒野挨骂了！可我一踏进凉爽的大理石接待室，妈妈就从书桌后的椅子上起身，向我跑来。她一把将我抱进怀里，在我耳畔低语："安东尼娅，你要嫁人了！你要成为法国王后了！"她的脸颊被泪水打湿了，很快我也泪流满面！她立刻带我去了小教堂，我们双双下跪，感谢上帝赐予我们这天大的恩惠。祈祷的过程中，当告解神父诵唱赞美诗的时候，妈妈一直牢牢抓着我的手。起作用了。妈妈所有的计划——那些课程，头发护理——全都起作用了。这六个月来我那么努力。亲爱的日记本，我现在写作顺畅多了。知道吗？以前就算要我写简单的便笺，我的前任家庭教师布朗迪，也得先用铅笔写一遍，然后我再用墨水描一遍。看看现在的我。噢，我想我成为法国王后之后，可能需要写很多东西。也可能不需要。他们也许有替我书写的秘书。可或许我应该像妈妈一样，自己写信。

1769年6月14日

人们现在对我不同以往了。变化最明显的就是玛丽·路易莎。我想她可能有点失望。我相信，她和其他许多人一样，从不觉得这桩联姻会成功。不过现在他们都知道了，从他们的行为上就能看得出来。当我走近的时候他们就闭口不言，就像我妈妈经过时一样。不仅在美泉宫狭窄的走廊里，就连在最宽敞的走廊里他们也会退后一步。而我的老师们，比如诺维尔，对了，还有神父，言行也不一样了。只有露露除外。她还是从前那个亲爱的老露露。

1769年6月15日

妈妈说我们必须去几英里开外的村庄玛丽亚采尔①朝圣一次。那里有一个木头圣母像，人们相信她会给年轻夫妇带来好运，并且保佑他们子嗣繁荣。我们明天出发，然后在那里的一座修道院过一个星期的隐居生活，在此期间我们除了祈祷什么都不做，并且略微斋戒，这意味着不能吃肉，只能吃鱼。也没有甜点。用妈妈的话说，只有"简单的食物"。我们会喝稀薄的肉汤、驴奶（妈妈的最爱），吃奶酪，当然了，还有面包。或许还有一只从修道院果园采摘的生梨。

连日记都不能写，我觉得一定会无聊透顶。不过或许也不错，因为要是我带着你，亲爱的日记本，而妈妈又跟我住一个房间的话，好吧，她就会发现你。即使在修道院，妈妈也无法抵挡一本私人日记的诱惑，一定会看个够！

不过说实话，我对这场朝圣活动并不排斥。如果

---

① 奥地利最著名的朝圣地。

这是妈妈所希望的，而她唯一的愿望就是我能有一段美满的姻缘，那么我便应该尽己所能地满足她。

1769年7月5日

我从玛丽亚采尔回来了。那里的生活并没有我想象中那么枯燥。我们每天花大量的时间向圣母祈祷。她慈爱的脸上覆着光滑的涂料，表情有些模糊不清。每一天，当我看着她祈祷的时候，都觉得她似曾相识，最后几天我终于意识到，她让我想起了姐姐伊丽莎白。眼前的圣母像仿佛经历了漫长的岁月，稀薄的涂料，光滑的木头，为她遮上了一道面纱——那是宁静和宽容一切的胸怀。

除了祈祷，我们还帮修女们绣花。我们在附近山花烂漫的山丘散步，喝了许多驴奶。这里安静极了。这简单的生活像一座平静的小岛栖息在我心中的一个角落。

1769年7月7日

我又学了一个最近在凡尔赛流行起来的纸牌游

戏。韦尔蒙神父说现在这个游戏是路易国王的女儿们
阿德莱德、维克托瓦尔和索菲的最爱。据说国王对我
的肖像画留下了深刻的印象。现在我希望他们能寄来
一幅王太子的肖像。我迫不及待地想看看我未来的丈
夫长什么样。我对他知之甚少。可是，我知道他的生
日就快到了。8月23日他就十五岁了。我觉得我应该
亲手做一件礼物送给他。或许是一件绣花背心。可我
一定无法如期完工。或许送他样小点儿的东西。一件
为他的祈祷书特制的书衣。王太子差不多比我大十五
个月。到11月2日我就要十四岁了。我觉得这是一
个理想的年龄差。那不勒斯国王费迪南德比卡洛琳年
长许多。他长着数不清的皱纹和许多白发，有些直接
从他的耳朵里钻了出来。好恶心啊。

1769年7月12日

　　今天来自法国的洋娃娃①抵达了维也纳。这些时
髦的小娃娃被用来展示各种连衣裙上身后的效果。它

———————
① 原文为法语。

们身高一英尺，十分可爱。其中有一个娃娃就是用来展示内衣的——睡衣、无袖衬衣、衬裙、紧身胸衣，还有裙箍。可这些衣服实在令人称奇。设计出这些新式样的女裁缝是一个名叫罗斯·贝尔坦的年轻女人，是她创造出了这些超凡脱俗的作品。每一件都深得我心。这些衣服我全都想要，而这只是她为凡尔赛的初春季所设计的。裙撑变得更宽了，这样可以容纳更多的装饰品、荷叶边和蕾丝花边。领口开得更低了，而我不得不说这些娃娃的胸部比我还丰满。还有被叫做"埃特勒"的最漂亮的花饰丝带从腰部开始垂在裙子前部。从领口出发至腰部的区域被设计成三角形，这样可以让腰显得更细。

我最喜爱的一条礼服，被叫做"波兰连衫裙"。它不仅是一件腰部以下开衩、带裙子的外套，甚至在制作的时候连裙撑都露了出来。妈妈觉得这条裙子简直伤风败俗。可我却很喜欢，而且它看上去十分舒适。我订了两条"波兰连衫裙"、两条"克里奥尔长袍"，据说它之所以流行全是拜在美国的法国女人所赐。它的式样十分简单，几乎只有一件睡衣的重量，

腰部有一条巨大的饰带。我又订了一些带裙撑的礼服
和许多斗篷、披风。婚礼定在了五月，贝尔坦太太已
经开始为我制作婚纱，洋娃娃①模特下个月就会来。
我想象中的婚纱是用镶着钻石的白色锦缎做成。噢，
实在太令人兴奋了！我简直迫不及待。我盼着那一天
快快到来。

1769年7月15日

　　和洋娃娃一起来的还有一封来自一位诺瓦耶伯爵
夫人的信。她就是我未来的女官。这封信言辞恳切。
她说鉴于我眼前就有一个娃娃，她觉得应该利用这次
机会向我解释一些时尚和穿衣方面的礼仪规范，接下
来，不可思议地，用十五页纸密密麻麻地写着有关时
尚和穿衣的规范。我怎样才能把它们通通记住？此
刻，一样极其愚蠢的东西浮现在我的脑海中：垂饰，
头巾的两侧各有两条长帽边，戴的时候常常被固定
住，在议会厅接见人们的时候会被松开，让它垂挂下

———————————
① 原文为法语。

来。维也纳宫廷的人从不垂下他们的帽边。它们实在
太碍事了。妈妈总是将帽边固定住。她写字的时候它
们会掉进墨水瓶里。尽管伯爵夫人的语气十分友好，
我还是希望她对这些礼仪规范别太严格。

1769年7月18日

我情不自禁地想这是一个多么美妙的夏天——野
餐，骑马，舞会。据说在凡尔赛，公主身边必须有不
少于四名宫女、一名轿夫，以及一名男仆。当公主面
见国王时，她的轿辇只能行至卫兵室。这里从没有人
随身携带侍从。我们甚至连这样的椅子都没有。

1769年7月19日

这些烦人的礼仪在我脑中挥之不去。几乎每周
都会收到一份关于各种宫廷礼仪的文件。现在来了一
份关于纸牌游戏的。我连入门级的纸牌游戏都没有玩
过。可现在我却被要求记住只有宫女才能直接把纸牌

递给我，而非贴身女仆。我正在尽自己最大的努力学习这一切。我必须说，露露尽可能把这个过程变得令人愉快，有时候还充满乐趣。

尽管我必须学会所有凡尔赛宫廷礼仪，我还是决定好好享受剩余的夏日时光以及我在美泉宫特有的自由。昨晚媞媞和我穿着睡袍在喷泉里踩水。天气太热了。所以我们便决定玩这个。我敢打赌，这种行为在凡尔赛肯定是绝对禁止的——即便我是王后并下达命令。把这些见诸笔端或许是个可怕的想法。可是，虽然妈妈会勃然大怒，我还是不得不说：要是不能穿着睡袍赤着脚踩水，成为法国王后还有什么意思？

1769年7月24日

穿着婚纱的洋娃娃今天抵达了维也纳。这是一件极其华丽的礼服。白色的锦缎上缀着斑斓的钻石。裙箍极大。一同收到的还有一封来自裁缝罗斯·贝尔坦太太的信，说她以凡尔赛的镜厅为灵感设计了这件礼服。婚礼的队伍将穿过这座大厅走向礼拜堂。为了观礼的来宾，将安排超过五千个座席。贝尔坦太太写道："……缝在您礼服上的四千颗钻石犹如镜厅中的无数面镜子！公主殿下，您就是这世界上最光彩夺目的人！"

妈妈读完信，脸上略微有了些笑意，接着咕哝道："我很高兴他们承担了这件礼物的费用。"我的脸唰地红了。这种时候妈妈怎么还在想钱的事？

1769年7月27日

温度高得吓人。热得人睡不着觉。今晚媞媞和我又去玩水了，而你绝对猜不到谁加入了我们。是妈妈！当我们看见她走过来的时候，媞媞和我都吓坏了。她带着一个贴身女仆，在睡衣外面披着一条大披肩。接着她大声说话了。"夏天再没有比玩这个更棒的主意了。"她在一条长椅上落座，脱下鞋子，卷起长袜，走过来，爬进了喷泉。她任由披肩落在水里。"噢，碧西！"她招呼她的贴身女仆，"进来。太舒服了！"接着她又压低声音对我们说："她一定不愿意，她是个胆小鬼。"如她所料，碧西并未加入我们。可是妈妈、媞媞和我在水中走来走去，妈妈还告诉我们她年轻的时候经常玩这个。这是个月圆之夜，月色明亮，我注意到妈妈越来越胖了。她湿漉漉的睡衣紧贴着她那仿佛大火腿一般的小腿。

后来我们坐在喷泉边沿，抬头看天上的星星。妈妈知道的真多。她指给我们看好些星座，并且努力向我解释轮船如何根据星星的位置航行。可我听不明白。这就像极其复杂的算术。我对数学知之甚少。我不知道为什么妈妈对这些事情讲得头头是道，而我却一窍不通。接着，她说："好吧，真是让人神清气爽，我想我可以处理更多的工作了！碧西，把那只红漆盒子带去我的卧室，就寝前我要读些里面的文件。晚安，安东尼娅。晚安，特蕾莎。"她在月光中渐行渐远。她庞大的身影清晰地铺展在平台上。我觉得自己听见她喃喃低语着关于弗雷迪的粗鲁的打油诗。你知道的那首：

趴下，普鲁士来的弗雷迪，

让皇后陛下瞄准。

你的屁股会飞到俄国，

你的脑髓会溅到阳光灿烂的西班牙。

我不知道妈妈是否正在计划另一场战争。我希望
她没有，至少不要在我的婚礼举行之前。

1769年7月28日

今早我被召唤去凯旋门跟妈妈开会。通常来说
会议的全程我都会站着回答妈妈所有的问题，可是这
一次她让人为我拿来了一把椅子，把它放在书桌的一
侧。除了现今作为君主同妈妈一起掌管国家的哥哥约
瑟夫以外，从未有人在她的办公室里与皇后相对而
坐。这实在不同寻常。可我突然茅塞顿开。昨晚妈
妈和我一起玩了水，在喷泉里用赤裸的小腿溅起水
花，弄湿了睡衣。这么做充满了乐趣，却也有几分轻
薄。用妈妈的话来说我的地位正在发生变化。或许在
美泉宫我们可以在四下无人的时候嬉戏，然而——是

的，我发现她正用炯炯的眼神注视着我。这眼神已经说明了一切——我们是统治者，安东尼娅。我们必须威严。接着她真的滔滔不绝了起来。

"安东尼娅，等你去了法国，你就再也不是安东尼娅了，而是玛丽·安托瓦内特。安东尼娅是个姑娘的名字。玛丽·安托瓦内特则是一个王后的名字。"

又及：我觉得妈妈并不后悔在喷泉中玩水。妈妈从来不做后悔的事。这不是她的风格。我想她只是想要我明白这种私底下的行为和公众面前皇后的举止之间的区别。

1769年8月1日

今天我们收到了新的急件，内容是关于餐桌礼仪的。我开始怀疑在凡尔赛是否还有私生活。似乎法国王室家庭习惯于每周有几天当众享用晚餐，人们被获准来到位于餐厅沙龙上方的走廊，从上面看着国王、他的女儿和孙儿们吃饭！最多可有一千人观看。我想这一定会让我倒足胃口。我转向跟我一起待在卧室里的炸肉排，说："亲爱的炸肉排，你对得在那么多人面前吃饭做何感想？"它真的汪汪叫了起来。我把这叫声理解为："我不喜欢这样。"

1769年8月2日

今天媞媞忧心忡忡地来找我。她说妈妈已经命令她称呼我玛丽·安托瓦内特，而她发现这令她十分不自在。她说那感觉就像一只不合脚的鞋子。于是我问，不合你的脚还是我的？她说："谁的脚都不合适。"对一个矮个子来说这个名字太长了，她说。于是我让她私下喊我安东尼娅，只有当皇后在场的时候才叫我玛丽·安托瓦内特。"那托妮怎么办？"她问，因为她总是叫我托妮。我向她保证私下里她还是可以这么喊我。我本应该再告诉她，我希望她在没人的时候就这么叫我，因为我仿佛看见我的私人世界正在消失，变得无影无踪，还会剩下些什么呢？还有谁能留下？我能认出这位玛丽·安托瓦内特王妃，路易·奥古斯特·波旁的妻子，未来的法国王后吗？她是谁？

1769年8月3日

妈妈决定等我们回到维也纳以后举办一场盛大的舞会。我们九月会回霍夫堡皇宫，她说准备舞会需要一个月的时间。她已经发了一封急件去凡尔赛王宫，看看裁缝罗斯·贝尔坦太太能否为我做一件漂亮的礼服。

1769年8月4日

我要实话实说。随着夏季即将结束，我越来越害怕。这或许是我最后一次来美泉宫了。每次我们做什么事情的时候，我就想这是我最后一次做这个了——最后一次一起野餐，最后一次骑马穿过林地。

1769年8月27日

我已经有三个多星期没有写日记了。你瞧，亲爱的日记本，我们演了一出戏，因为舞跳得太多，我的脚趾感染了。炎症蔓延到了我的双足和脚踝，腿也肿了起来。真的，我们踩水的那晚要是我觉得妈妈的小腿像一只火腿的话，那我的小腿看起来一定是只更大的火腿。我发着高烧，甚至变得有些神志不清了。我已经被放了无数次血，凡帝国里有的膏药都被用来治疗我那可怜的脚趾。每天有络绎不绝的御医和药剂师带着新的治疗方法前来。好吧，最后终于有药物起效了，炎症开始消退，腿也渐渐消肿了。妈妈知道我还活着，便立刻以前所未有的严厉狠狠痛骂了我一顿。相较之下，今年初夏因为浑身是泥而遭到的责骂也相形见绌！她说我们必须保守这个秘密。要是法国宫廷得知我病了，或者像她说的，知道我如此大意，他们就会取消婚约。她对我说，我是如何将自己、帝国和法国置于生死攸关的境地。我又一次感觉到怪物正在我背后虎视眈眈。最后我不得不闭上眼睛，假装自己实在太过虚弱，再也无法聆听她的教诲。妈妈终于走了。当我听到关门声的那一刻，我轻轻地对自己说："还是值得的。"当时我并不知道伊丽莎白还在房间里。她来到我的床边，握住我的手，自从她感染天花后第一次掀起她的面纱。她漂亮的紫色眼眸泛着泪花。她直视着我的眼睛，说："要是你死了，一切就都不值得了，妹妹。"接着她脸上绽放出灿烂的笑容，我把她那张可怜的麻子脸贴在自己的脸庞上，吻遍了她了无生气的面颊。

1769年8月30日

我依然十分虚弱，卧病在床。与此同时，我发现自己对未来越发不安起来。路易·奥古斯特还没有亲自寄来只言片语，也没有他的画像。如果我能看见他的样貌，或许能缓解我的忧虑。我只知道我面对的是一个朋友。实际上，"丈夫"这个词对我来说并没有多少意义。丈夫，妻子——它们就像是妈妈发明用来促成联盟的词汇。

当卡洛琳嫁给那不勒斯国王的时候，我觉得那么孤独，仿佛遭到了遗弃，可在她离开以后我才与伊丽莎白更亲密了。在姐妹中我得到了一个真正的朋友。

可是再过几个月我就要离开她了。生命中似乎有太多的离别。要是我想象着或许有个挚友正在法国等我，告别或许会容易得多。

1769年9月3日

我实在太愚蠢了。我一直抱怨路易·奥古斯特从未给我写过信，可我又何曾给他写过？没有。没错，我的画像的确被送去了，可这是两回事。我要给路易·奥古斯特写一封信。我现在的写作水平已经要比一年前还没有拥有你，亲爱的日记本时强多了。我打算现在就动笔。这可能会耗费我几天时间。毫无疑问，明天我们就要离开这里，返回维也纳了。

1769年9月9日

维也纳，霍夫堡皇宫

真是一团糟。我根本没有时间写信。可是以下是我的首次尝试——其实是第二次。我打算把它抄写在这里，当作练习。

　　亲爱的路易·奥古斯特：

　　我满怀热情地给您写信。十分高兴自己就要来到法国成为您的妻子。希望自己能成为您的贤妻和挚友。希望我们能一起度过许多美好的时光。听说您喜欢打猎。好吧，我喜欢骑马。我既能跨坐在马背上也能侧坐着骑，无论您认为哪种姿势更合适都可以。我喜欢玩牌。我喜欢跳舞。我读的书不多，可我正努力培养自己的阅读习惯，因为我觉得这么做很重要。我喜欢制定计划然后达成目标。我将在凡尔赛享受它们为我带来的乐趣。

　　希望您能有时间给我写信，告诉我您的兴趣。如果我对您喜欢做的事一无所知，我会试着去学。我想要跟您分享一切，在这个过程中我们会成为一对好伴侣。

　　　　　　　　　　　　　　您忠实的

　　　　　　　　　　　　　玛丽·安托瓦内特

1769年9月10日

我今天把这封信夹在十天一次发往凡尔赛的日常信件中寄了出去。我喜欢想象我那小小的书信跨越帝国，来到法国，走过崎岖的道路，翻山越岭，渡过河流。

1769年9月11日

我气坏了！我觉得自己就像个傻瓜。一整天我都在想我写给路易·奥古斯特的小小书信正从帝国去往法国。好了，猜猜它去了哪儿？到了妈妈手里。今天早上她把我叫去讨论十月大舞会的事。为了我的礼服，一个新制的洋娃娃已经抵达了维也纳。她先让我看了娃娃，我们大家都不免兴奋了起来，接着，她十分不经意地说："噢，亲爱的，这是你写给路易·奥古斯特的信。我修改过了。如果你想再抄一遍，我们就把它放在下一批发往凡尔赛的信件里。"当她把信递给我的时候，我简直目瞪口呆。我惊讶得连嘴都合不上了。她看着我，说："玛丽·安托瓦内特，你张着嘴的样子难看极了。请把嘴闭上。"我慢慢将嘴合上，试图喘口气："妈妈……"可是她打断了我："我必须说，玛丽·安托瓦内特，你的书法大有长进，拼写也很完美。你和韦尔蒙神父一起取得了巨大的进步。"我接过信，奔出了房间。现在它就在我的日记本里。我把它粘在了本子上。

致王太子路易·奥古斯特殿下：

长久以来，我一直希望能向殿下及您的祖父国王陛下致以我崇高的敬意。我对我们即将举行的婚礼以及这场联姻为两个国家带来的伟大和平结盟而满心欢喜。我以最大的诚意珍视我们的婚姻。

我期待着我们并肩而跪、立下誓言的那一天。请向您的祖父国王陛下转达我最热忱的祝愿。我时时为你们祈祷。我将一直是您的忠仆。

女大公　玛丽·安托瓦内特·约瑟法·约翰娜

我不知道自己是否有勇气重写这封信。这些话并非出自我之口。全都是妈妈的想法。只是妈妈的想法。她似乎还不满足于此，于是给了我一大张纸，上面通篇都在解释她修改的原因。我本以为在她命令所有人称呼我玛丽·安托瓦内特以后，她会为我用这个名字落款而感到满意，可是并没有。她是这么写的："你必须用你完整的教名落款。你还不是玛丽·安托瓦内特！而我们要不断提醒他们，他们究竟娶了谁以及这桩婚姻会产生的影响。"

我想回复她："是的，妈妈。我不是人，我甚至不是一个女人，我是个碰巧投了帝王胎的姑娘。帝王们都没有感情，帝王们没有诸如骑马或跳舞之类的兴趣爱好，帝王们不会踩水，帝王们除了结盟不会交朋友。"

1769年10月11日

我已经一个月没有写日记了。没有心情。我依然郁郁寡欢。可是大舞会日益临近，而伊丽莎白也教训了我一顿。因此，为了伊丽莎白，我正努力展示自己最好的一面。妈妈几乎每天都会问我打算什么时候重写那封信。可我闷闷不乐，常常只是耸耸肩应付过去。妈妈对生闷气的孩子没有耐心。那么在这种情况下妈妈会怎么办呢？她无视我的存在，亲自写了信，签上我的大名。毫无疑问这一举动令我更为恼火了。可是现在伊丽莎白说我必须克服这种情绪，继续我的生活。因此今天当我试穿为了舞会而定制的礼服时，努力让自己看起来兴高采烈。衣服很美，是用银色布料做的，沿着荷叶边层层悬挂着泪滴形的珍珠。我早已经同美发师开了许多会。他正为这场舞会设计某种非常与众不同的发型，至少会用到两顶完整的假发以及一打发辫。女裁缝们正在制作我要佩戴在头发上的丝绸鲜花。

1769年10月14日

妈妈以我的名义给王太子写信已经有一个月的

时间了，可他依然没有送来画像。我不明白这是为什么。韦尔蒙神父向我保证，王太子，用他的话说，"长相讨人喜欢"。我不知道这是什么意思。我觉得如果他相貌堂堂，我的意思是十分英俊的话，韦尔蒙神父会直言不讳。我并不认识长相英俊的成年男子或者年轻男人。等等！约翰，美泉宫动物园的看门人，我觉得他称得上英俊二字。可是，或许并非如此，因为如果一个人出身低贱又怎么可能那般英俊呢？我觉得这不可能。这是一个有趣的问题。

1769年10月17日

大舞会将于四天后举行。届时，一支庞大的法国代表团将会莅临。别指望我在舞会结束前写日记了。我在发型设计和最后的试装间分身乏术，更何况妈妈还想让我跟她一起把最新从凡尔赛寄来的整整一页礼仪规范细读一遍。另外，还有跟告解神父的额外会面。（是的，你相信吗，日记本？现在我不单单在为大舞会祈祷，而是为一切事情祈祷。）妈妈命令我每天至少去她的房间三次，不然，她也会送来写着一些真知灼见的纸条。

王太子还是没有寄来画像。

1769年10月23日

回到你的身边感觉真好，亲爱的日记本。我坚信你会是我在这世上最后的避难所、最后一点隐私。我坐在梳妆台前写日记。今晚举行了大舞会。我在脱衣服之前让我的女仆退下。我要自己来。我需要单独待一会儿。

有四千多人出席了舞会。尽管他们恭敬地退立在一旁，我依然能感觉到迎面而来的压力。他们想要见到下一任王妃，未来的法国王后。大宴会厅里的每一双眼睛都牢牢地盯着我。我的数学向来不好，可我想既然有四千个人，每个人有两只眼睛，那一定有几千只吧，我猜该用乘法来算。那也就是说有八千只眼睛。

这感觉实在太奇怪了。我感觉仿佛自己的衣服和每一寸肌肤正从骨头上被剥离开去。起初我开始战栗，后来我体内似乎滋生出了某种奇怪的力量，我能够举步从宾客间穿过。我想只能用神奇二字来形容这种感觉。尽管我能认出的面孔屈指可数，然而话语竟自然地从我口中流出——对一位女士的扇子评论两句，谈论这风和日丽的好天气，这里说一句，那里说一句——当然也不会说得太多。永远要与人保持一定的距离感，妈妈总是这么说。我很快便适应了自己的角色。当我从人们身边翩翩而过，"高贵"这个词不时飘入我的耳中。没错，我真的飘浮了起来。诺维尔的舞蹈课终究没有白费。

此刻我抬头凝视椭圆形的梳妆镜，再也找不到那个策马从森林中飞驰而过、浑身是泥的姑娘，而那个赤脚在美泉宫踩水的姑娘也失去了踪影。她消失在了泉水的薄雾中。我成了妈妈为我设计的那个自己。高贵。一个王妃，未来的王后。或许我之所以高贵是因为我什么都不会。我倾身向前，更近地盯着镜子里的自己。太难了。假发重达五磅，礼服本身就由二十二码丝绸做成，还有八磅的珍珠。是的，我飘了起来。我身姿轻盈。我是妈妈的梦想。梦想是没有重量的。

1769年10月24日

妈妈送来了口信，要我跟她一起吃早餐。这可是极其难得的，因为妈妈总是在早餐时间签署文件、面见大臣。她书写娴熟，可以边吃边写，绝不会在文件上滴落一滴麦片粥。

她对我在舞会上的表现十分满意。吃饭的时候她始终笑嘻嘻的。她惊呼我学得不错。而现在她意识到我学得有多好，学习能力多么强了，就下令要我上更多的课！

这对普通人来说当然没什么意义，可这就是妈妈的特点。她会不断地推进推进再推进。我不知道一天中怎样才能有足够的时间来执行她为我制定的计划。可是她决意如此，因为离婚礼仅有六个月的时间了。韦尔蒙神父要增加一个小时的课时，专门用来讲解法国文化和历史。露露要将我的礼仪课延长两个小时。目前我一周只学一次赌钱，可是妈妈发现一种叫卡瓦诺的游戏是路易十五的女儿索菲、维克托瓦尔和阿德莱德的最爱，于是觉得一周两次才能更好地向我展示其中的精要。

最重要的是我每天都要去西班牙骑术学校。妈妈希望我跟骑术教练学习法国人是如何骑坐在马鞍上的，并不是横鞍骑乘，而是跨坐在马背后部。这是我喜欢的。可天知道我什么时候才会有时间在你的书页上书写，亲爱的日记本。

1769年10月29日

很快就是万圣节前夜了。每年的这一天我们都会燃起篝火，在一起玩游戏。太有意思了。可妈妈坚持说这些都是孩子玩的，我不能再参加了。我恳求妈妈。我问，我不能再做两天孩子吗？未来的三天我还是十三岁啊。到了11月2日，我就十四岁了。

1769年11月3日

我的生日到了。妈妈送给我一条钻石项链，它原本属于她的祖母西班牙公主玛格丽塔·特蕾莎——利奥波德一世的妻子。我看得出来，玛丽·路易莎——我哥哥利奥波德的妻子，对此十分不满。她觉得这条项链应该送给她，毕竟她的丈夫也叫利奥波德。我愿意立刻把项链送给她。实话告诉你吧，我更想要收到路易·奥古斯特为我的生日所写的信——可是什么都没有收到，什么都没有。

后来，我正想着我多想收到路易·奥古斯特的信或随便什么东西，于是轻轻哭了起来，突然露露出现在我的卧室。她发现我正心烦意乱。只消看我亲爱的露露一眼，我的眼泪便收不住了。我把一切都和盘托出。她将我搂在怀里，轻声安慰了我几句。接着，她用另一种声音说："我有个计划，安东尼娅。"她语气的变化让我止住了哭泣。

现在听听这个。露露在凡尔赛宫廷认识一个每月外出旅行的送信员。她说我应该写一封信，她保证能在妈妈神不知鬼不觉的情况下把它装进袋子里。她说那个送信员欠她一个人情。我突然不知所措起来，说："真的吗？"她点了点头，于是我问："为什么？"

她说："这与你无关。"接着捏了捏我的鼻子。

我的心情又拨云见日了。明天我要把那封被妈妈画满大叉的信重写一遍，然后以我的方式把它寄走。

1769年11月8日

这封信真的寄出去了。要是妈妈把信截住的话，我肯定早就听说了。可是露露向我保证她没有。现在我只有等待了。

1769年11月9日

我十分喜欢骑术教练弗兰克男爵为我上的骑马课。法国人骑马跟我们略微有些不同。当骑马从低处跳下的时候，他们在马鞍上坐得更往后一些，双脚用力往前伸。我喜欢在骑马大厅骑马。这地方十分别具一格。这里的天花板很高，光线透过拱形窗户照射进来，投在上层走廊上。这里还有许多枝形吊灯。我骑着我的银色马匹穿过一片太阳雨。而弗兰克男爵是这世上最善良，最绅士的男人。我喜欢听他谈论马匹。他把嘴巴紧紧地贴在马儿的耳朵上，摩挲它们的口鼻。当他跟我说话的时候，会直视着我的眼睛，说："可爱的女大公殿下——"他总是这么叫我，然后他会说："当你要为卡勃里奥尔套上缰绳的时候，动作要稳。千万不要着急。它是你的朋友。你正在跟一个朋友散步，你正带着它走过最美的小径。你那美好、强壮又聪慧的双手会让这条路变得无比美好。"

这就是我喜欢骑马课的原因。一切都简单而直接，却又十分神秘。要是你双手用劲，马儿就会把头一扭，跟你对着干。马匹似乎能读懂你的心思。你和你的坐骑是最好的搭档。而弗兰克男爵似乎能用最优美、最清晰的语言解释这种关系。要是我能随心所欲，真想每天从早到晚地上骑马课，将跳舞、赌博，当然还有利益和法国历史抛在脑后。

1769年11月10日

不骑马的日子实在太无聊了，然而那些当我想到我写给路易·奥古斯特的信正穿越奥地利的时刻除外。我不知道它是不是已经靠近慕尼黑了？或许再过几天它就会抵达莱茵河。想到这里我不由激动起来，因为到那时候这封信就几乎来到法国国界了。可我不敢多想。那会让我发疯。

1769年11月13日

昨天我才刚起床，妈妈的口信就到了。我要去她的房间，由宫廷牙医为我做口腔检查。我不明所以，因为据我所知我的牙齿十分健康。没有牙疼，也没有隐裂齿。可是妈妈说不能把一个日后会出现牙齿问题的新娘嫁出去。牙医为我做了检查，说我的牙齿近乎完美。他们简短地讨论了一下是否要将其中的一颗锉平，谢天谢地最后决定不这么做。他给了药剂师一张牙齿擦亮剂的药方，可以去除我下颌牙上的污渍。妈妈满意地点了点头，问能否在5月17日前把牙渍去掉。于是我问妈妈这是不是婚礼的正式日期，妈妈告诉我其实我将在四月通过她所谓的"代理"成婚。这是我从未听说过的。这是代替者的意思。换句话说，有人将代表路易·奥古斯特，以他的名义重复结婚誓言。费迪南德将担当此任。所以我猜这个牙齿上愚蠢的小黄斑是否能在四月前消失根本无关紧要，因为费迪南德并不是路易，而且他对我的牙齿习以为常，根本不会介意。干净整洁并非费迪南德的强项。

噢，看在上帝的分上，就在刚才，一位信使来到了妈妈的房间，我又一次被要求出席。

1769年11月17日

今天晚上吃过晚餐，伊丽莎白邀请我去她的房间喝热巧克力。我们度过了一段闲适的时光。她鼓励我说说我的骑马课。于是我把自己的感觉全都告诉了她，并且说弗兰克男爵是个多么出色的老师。我多么希望自己能够上更多的骑马课，而不是现在的一周三次。突然，透过面纱，我发现伊丽莎白的双眸闪烁着光芒。"我有个主意，安东尼娅。只要你照我说的做，我保证妈妈会让你上更多的骑马课。"她说我必须去找妈妈，告诉她我通过骑马学到了许许多多东西。"你一定要告诉她，安东尼娅，通过这些课程你不仅学到了关于马匹和骑术的知识，更重要的是学到了治国之道，拥有了力量，并且学会了控制自己以及一切比你强壮的事物。你要说马术是对管理和统治最完美的比喻。"

我说："什么比喻，伊丽莎白？"她似乎对我的一无所知大吃一惊。她说这是一种"修辞"，用一种东西、一个概念来解释另一个；这个比喻就是通过马术、控制和驾驭马匹来解释。我问这是不是一种替代品。她说有点类似，但不完全一样。我又问是不是就好像代行婚礼。她皱着眉头，十分严厉地说了个"不"字。我想我开始明白了。

1769年11月20日

成功了！我跟妈妈说了弗兰克男爵给我上的课。我告诉她如何既轻柔又稳固地控制马匹，以及如何知晓何时应该收紧缰绳。她最后说道："好吧，玛丽·安托瓦内特，我发现你在马术场上学到的比教室里的还要多。我想我们必须增加这些课时。我要马上跟弗兰克男爵谈谈。"

1769年11月25日

感谢上帝，现在我一周有五天都在上骑马课。要不是那样，我会发疯的。每一天都有来自凡尔赛的新信使和外交官抵达维也纳。我想此刻路易·奥古斯特应该已经收到我的信了。现在我必须等待。我不知道得等多久。圣诞假期就快到了。这或许会耽搁回信。我要问问露露。

1769年11月27日

我问露露她觉得我何时才能收到路易·奥古斯特的回信。露露叹了口气。她似乎心烦意乱，说她也不知道。好吧，最快什么时候能收到？我问。"噢，我不知道！"她似乎对我很不耐烦。露露向来都很有耐心的！我不明白。

后来，露露来到我的房间，为她今早的无礼向我道歉。她说圣诞节前我就别指望收到回信了，可她觉得一月底应该能收到。接着她拉起我的手，紧握了一下，又叹了口气。按说我应该高兴才对。她又是那个耐心、冷静、通情达理的露露了，可我却觉得不安。她还是那个露露，却有些不一样了。她变得苍白消瘦，面容憔悴。"你不舒服吗，露露？"我突然问。她勉强挤出一丝微笑——一点都不像平常的露露。接着她很快地从椅子上起身，借口说自己得走了。我好担心。

1769年11月30日

我猜对了！露露不太好。她卧室里的一个女佣被派来告诉我，我今早不能跟她一起复习礼仪了。我们本应该开始学习棋牌室的礼仪。光听就觉得乏味。"乏味"是我跟伊丽莎白学到的新词。她说我总是把无聊挂在嘴边，虽然"乏味"和"无聊"的意思一样，却是个更好的词。

要不是我为露露忧心忡忡，这应该是段愉快的日子——没有礼仪课；为了迎接即将到来的假期，韦尔蒙神父已经回了法国，因此我除了上骑马课以外无事可干。今天早上媞媞来了，说我们真的应该开始考虑我们的圣诞演出了。

1769年12月8日

我真的不知道露露得了什么病。没错，她一直在咳嗽，可既不是肺炎也不是伤风。她虚弱无力，臀部又或许是她的大腿疼痛不堪。我不敢确定，但这病却让她无法行走。她的脸色似乎越发灰败，人也一天天瘦了下去。当我问起她究竟怎么了，没人回答我。他们似乎不想谈论此事，而我，毫无疑问，也不敢问露露本人。可我想知道。看着她逐渐失去生气，犹如一朵鲜花渐渐枯萎、花瓣凋零，实在太可怕了。露露从前是那么漂亮。她那可爱而闪亮的灰色眼眸中夹杂着一丝绿色，可现在这双眼睛变得呆滞无神、黯然失色，再也找不到往昔的神采。她的脸颊凹陷，颧骨突出。我真的不明白。除了肺炎、天花和分娩，还会得什么别的病？

1769年12月10日

　　我对妈妈十分恼火。我最后终于决定必须问问她露露究竟怎么了，可是她却对我撒谎，我看出来了。她不把露露的病当回事，关于这件可怕的事情她是这么说的："露露做你的首席家庭教师只有两年而已。我从不知道你们变得这么亲密了。"好像这有什么错似的。我对韦尔蒙神父说，我为妈妈的所作所为感到愤怒。我问他究竟发生了什么。他一脸不安，让我别担心，妈妈可能只是想用某种方式保护我而已。保护我什么？我问。

　　他们把我当作孩子对待，可是他们却期待我在不到六个月的时间里成为一个妻子。我不明白他们为何要将我推入这般境地。而我对露露的爱也遭到了质疑。似乎在像两年这样"短暂"的时间里我不应该爱

上某个我认识的人，可我却要嫁给某个我从未谋面的
人。我连他的样子都没见过。现在我故意不去想那封
信的事。它现在就在那里。可我应该将路易·奥古斯
特究竟是否会回信这个念头抛之脑后，停止对自己的
折磨。

噢，这些天我既沮丧又恼火。韦尔蒙神父要求我
花更多的时间练习写生和油画。通常，我会乐意的。
它能够分散我的注意力，也比礼仪课和熟记从凡尔赛
寄来的长无止境的小册子愉快得多，可现在我就是没
有心情写生。我想如果我知道露露会好起来，我一定
不会介意背诵那些愚蠢的小册子。

1769年12月12日

今天我精神大振。我去看了露露，她似乎好多
了。她当时正在卧床。她的脸颊上有了血色，眼中也
有了微弱的光彩，而且她想知道这些天我都做了些什
么。于是我告诉她，鉴于她病得太重没法教我礼仪，
我也就无事可干。接着她说，她听说我不愿练习绘

画。她说我的书写已经有了很大的进步，她不知道为什么我不肯练习画画。我想要是人们读了你，亲爱的日记本，他们一定会为我的进步大吃一惊。我现在不仅字写得漂亮，书写起来也比开始时流畅许多。我带上了炸肉排，因为露露一直都很喜欢它。它爬到了她的床上，一下子扑到她的膝盖上。我发现她略微退缩了一下。她的臀部一定还是很疼。

后来，露露想到了这个绝妙的主意。她说我应该问问韦尔蒙神父是否可以将临摹的静物从他要求的水果篮和诸如此类的东西换做骑马学校里的马匹。这难道不是一个好主意吗？

1769年12月13日

我今天早晨开始画马了。我从马厩开始落笔。我打定主意，当马儿从马槽吃食的时候，我把注意力集中在它的头部，这样画起来会容易许多。要将一匹马表演复杂动作的情景画下来将是一件十分困难的事。我决定试着画雄马战神。它的脑袋十分庞大，而且还显得高贵。

1769年12月14日

画战神是我迄今为止做过的最具挑战性的事。它完全占据了我的思想和想象力。

1769年12月17日

我画战神画得越来越好了。媞媞、费迪南德，还有麦斯都悻悻地抱怨今年没下雪。往年这个时候积雪都能让我们玩雪橇了。可我一点也不在乎，因为我决定要为战神画一幅全身像。下课后我会在学校里多留两个小时，观察骑马教练在一条长线上训练战神。我立志要将战神小跑时的样子画下来。

1769年12月20日

妈妈下令从山里把雪运出来，这样我们就能滑雪橇了。媞媞、费迪南德和麦斯欣喜若狂。圣诞节就要到了。今年我们的演出很简单。大多是唱歌，不过会有一段耶稣诞生的生动表演。伊丽莎白扮演圣母玛利亚。费迪南德饰演约瑟。妈妈、我哥哥约瑟法和我是东方三博士。妈妈说尽管她是皇后，我即将成为王妃，也没关系。"统治者扮演统治者。"她说。这不是她第一次按自己的喜好表演福音书中的内容。多亏了一些毛茸茸的小斗篷，裁缝们才能用羊毛为炸肉排和其他宫里的小狗设计了造型，把它们变成了"绵羊"。

1769年12月21日

弗兰克男爵说我的画提高了我的骑术。用他的话来说，我琵阿斐 ① 做得"完美无缺"。马匹一步都没有往前迈，只是按指令做出后足立地腾跃的动作或是原地快步而已。似乎画画将马匹四肢的图像定格在了我的脑海中，以某种不可思议的方式让我坐姿正确，并且按照正确的节奏向马匹下达恰当的指令。

———————————

① 马术运动步法。也称"原地高级快步"。

1769年12月26日

露露加入了我们的圣诞庆典活动，尽管我十分高兴，可见到她还是让我大吃一惊。她的裙子就像我们去美泉宫的路上看到的稻草人的衣服似的挂在她的身上。她的脸颊凹陷，最糟的是她走路必须依靠拐杖。仿佛一夜之间她变成了一个老妇人。她瘦了一大圈，尽管理发师在她的头上安放了许多发辫和假发，我还是发现她的脑袋都变小了，仿佛她的头盖骨在这堆假发下格格作响似的。我觉得她为了试图让自己看起来还是老样子，一定上了很厚的胭脂。可她终究不是以前的露露了，她让我觉得陌生。无论如何，她还是坚持参加了圣尼古拉斯日的宴会，观看了我们的整场演出。当炸肉排摇着尾巴出场，匆匆跑向马槽舔舐扮演婴儿耶稣的洋娃娃时，她高兴得连连鼓掌。

我们都吃了太多的圣诞蛋糕。这是我在宫里见过的最美味，最漂亮的蛋糕。糕点主厨特别跟我一起制作了这个蛋糕，再现了训练大厅的一景。十几四

用杏仁蛋白软糖做的马立在一个漂亮的巧克力蛋糕顶
端。糕点主厨真的是超水平发挥，妈妈把他从厨房
叫了出来，我们一起鼓掌，然后继续大吃特吃。当
然，我们还吃了鹅肉和醋焖牛肉——但凡有宴席，妈
妈一定会让人做醋焖牛肉——还有蒸白菜和奶酪馅的
水果布丁。后者是她的最爱。通常圣诞季十二夜会有
十二道菜。我们会在第十二夜，主显节这一天再次登
台表演。那时，御厨会再做一只蛋糕。他能否再创高
峰呢？

1770年1月1日

今天早上我们交换了新年礼物。我必须承认，我
内心一度希望能收到一封来自路易·奥古斯特的信。
那将是一份多么完美的礼物。或许还不只如此，可能
还有一幅画像也未可知。我努力想象他的样子，可却
徒劳。

我相信媞媞得到的礼物是最棒的。它有点像一
座微型剧院，特别的是它的部件可以活动，上面所描

绘的是《旧约》中的场景。我们最喜欢的无疑是诺亚方舟的故事，然而最震撼人心的则是摩西带着十戒下山的场景。这当然是妈妈的最爱。她不断转动手柄让摩西走下山，媞媞和我于是打趣说他该累坏了，说不定会把十戒给扔了。妈妈沉下脸来，说我们是"anser inscius"，这在拉丁语中是"无知的小鹅"的意思。这是她最喜欢给愚蠢的小女孩取的外号。有时候她管我们叫"ridiculus mus"，在拉丁语中是"可笑的老鼠"。

就在我们玩得正高兴时，我被喊了出去，因为法国大使杜福特到了。我一点都不想见他，可后来我想或许他想看看这座机械小剧院。"那么，"我说，"跟我来，我要带你看一样你或许从未见过的东西！"我把他径直领到了媞媞玩耍的育婴室。我觉得他被小剧院迷住了。

贝尔坦女士为了春季新装送来了洋娃娃。不敢相信春天就要来了。眼下还在下大雪呢。当春天来临的时候，我应该已经身在法国了，正用学过的步伐一路滑过凡尔赛宫的大理石走廊。或许我会穿着眼前这只坐在我面前的小娃娃身上的裙子。它穿着一条比利时网眼花边做的长袍。这面料要比寻常花边轻薄，上满撒着雪花图案。春日里的雪花——在布料上而非空气中，我喜欢这个创意。

1770年1月7日

御厨让我们刮目相看。第十二夜蛋糕并非孤单单一个，而是有好几个，而且全都是凡尔赛宫各部分的复制品！有镜厅，镜子是用融化的银白色糖果做成的。有使臣阶梯，一架巨大的巧克力楼梯通向一个用糖果制成的喷泉，两个希腊神在池中嬉戏。池壁是用开心果果酱做成的，美味无比。不过我最喜欢的，还是室外部分那些花园。有栽着小橘树的橘园，树上悬挂着橘子形状的糖果。还有我的最爱，小树林，那里的树上长着用丝状焦糖做的树叶，形成了一幅秋景，被称作"阿波罗的浴缸"的湖泊是用英式奶油酱做的，一道用皇室霜糖做的瀑布注入其中。我想妈妈一定正在考虑做一个奖牌送给糕点主厨，以表彰他高超的技艺。

1770年1月8日

露露又病倒了。我想一定是圣诞庆祝活动令她体力不支。她又回到了病榻，虚弱不堪。妈妈把自己的两个私人医生都派去照顾她。与此同时，每天都有更多从凡尔赛寄出的急件，所有的内容都与婚礼有关。

1770年1月12日

今天妈妈派人来请我，我发现她正眉头紧皱，愤怒地厉声斥责一个大臣："你说玛丽·安托瓦内特的名字没有排在最前面，甚至没有出现在委托书上，是什么意思？"多么可笑！她满脑子都是来自凡尔赛的最后一封急件上的细节，忘了我就在那儿，直接怒气冲冲地离开了房间。

我真的介意谁的名字在先吗？路易·奥古斯特连我的存在都一无所知，这种礼节又有什么要紧的？我写给他的信依然石沉大海。我尽量不去想这件事。

1770年1月14日

　　我每天都会听说又与凡尔赛就婚礼事宜发生了新的口角。全都跟礼节、外交礼仪、举止品行和盛大婚礼的各项仪式有关。我不由怀疑，皇室成员们究竟是如何完婚的。以下是最近几天争论的焦点：

　　1）结婚契约上谁的名字应该放在前面——是身为奥地利皇后的妈妈（婚礼上将由她把我交给新郎），还是新郎的祖父法国国王路易？

　　2）谁应该陪我前往法国？（当然不会有人来问我的想法。）

　　3）需要多少骑士、侍女、医生、秘书和洗衣妇随行？

　　4）奥地利和法国应该向随行人员颁发何种勋章？

　　5）马车的种类和数量？显然，路易国王已经下令建造两辆华丽的旅行马车，可眼下正为除我以外还应该有哪些人乘坐马车争执不下，而我一次只能乘坐一辆。

这一切都愚蠢透顶，而我只想收到来自路易·奥古斯特的书信或肖像。当然，他们从没让我为这些问题烦心。唯一需要征求我意见的就是关于洋娃娃的事了。我想要哪条裙子，什么面料，哪种颜色？法国人使用的布料上乘，还为他们的流行色取了极富创意的名字。现在另一只洋娃娃就坐在我窗边的衣柜上。她身穿由柔软、纤巧的白色麻纱制作的连衣裙。我最喜欢的一种灰色被叫做"跳蚤脑袋"，还有一种叫"为情所困的青蛙"的亮绿色。我可没开玩笑。

1770年1月19日

还记得我提过的站在衣柜上的洋娃娃吗？好吧，发生了极其古怪的事情。我今天早晨醒来，发现它从衣柜上掉了下去，摔碎在了地板上。她的陶瓷脑袋摔得粉碎，一只胳膊离开了肩部的小卡槽，摆荡在连接身体的细绳上。一定有风吹过衣柜附近松散的百叶窗，将它撞落在地。小可怜！它支离破碎后的样子可怕极了。不知为何，我打了个冷战。我想我不会预订那条比利时网眼花边的裙子了。

1770年1月20日

　　我不敢相信竟会发生这样的事。媞媞性命垂危。她得的不是天花，而是一种可怕的肺炎。幸好不是天花，不然他们一定不会让我靠近她。现在我至少还能去她的卧室，拉住她的手。我哥哥约瑟夫一直待在那里。他已近崩溃边缘，因为媞媞像极了他挚爱的第一任妻子伊莎贝拉。她是伊莎贝拉唯一留给他的孩子。我向上帝祈祷媞媞不会死。亲爱的上帝，请不要带走这个好孩子，尽管我们年龄悬殊，她却是我最好的朋友。

1770年1月23日

　　我们亲爱的媞媞今天早上离开了我们。我呆若木鸡。哭也哭不出来。我的眼泪仿佛冻住的溪流。我看向窗外，映入眼帘的是一个冰天雪地的世界，喷泉上悬着冰丝，窗户的边缘挂着冰柱，而我的心里也有什么东西结了冰。

后来，我去了媞媞的游戏室，看着那座漂亮的机械剧院。我不断转动手柄，直到她最喜欢的《旧约》场景出现在小舞台上——成对的动物步上方舟。我祈求我亲爱的媞媞能被我们亲爱的上帝精心照顾，就像诺亚照顾这些动物一样。我已下令永远保留这幕剧院场景。

1770年1月25日

失去媞媞已经两天了。我不知道自己该如何适应这种生活。我不记得从何时开始，每天早上，我和媞媞都要一起喝热巧克力。每当初雪降临，媞媞都会跑来找我。"积雪够我们滑雪橇吗，托妮？我们能不能让祖母从山区把雪运出来？"没有了我的小媞媞，我该怎么办？我觉得她就像一个在宫殿中跟随着我的可爱的影子，从白天到黑夜，无论我在上舞蹈课还是英语课她都在。她让我记起在这桩奇怪的订婚发生之前，童年时代所有最美好的事情。她让我保有希望：我依然是那个朝气蓬勃的自己，可以滑雪橇、恶作剧，噢，是的，我倔强又任性，但那些都无伤大雅，因为毕竟我们只是孩子，而非妻子或统治者。

我有没有说过我觉得就连炸肉排都意识到媞媞出了事？今天早上它惊惶地奔进媞媞的游戏室，像是在寻找她似的。后来它爬上我的膝头，发出呜呜的哀叫声，如人类的呻吟一般。

就在几分钟前妈妈带着一袋从凡尔赛寄来的文件走了进来，告诉我，我必须同她和她的大使梅西伯爵就婚礼的一些重要事宜开个会，而我却自言自语地说："这不公平。"她以为我指的是跟她和梅西伯爵开会的事，于是开始就我的义务和责任教训了我一通。我打断她说："不，妈妈，我说的是媞媞的死。这不公平。"可妈妈却说："胡说。她只是个孩子罢了。要是一个孩子能活到十二岁，那就是个奇迹。如果她过了十二岁，在结婚生子前去世，那才叫不公平。"我这才意识到关于童年，妈妈和我的观点截然不同。妈妈觉得孩子们并不珍贵，因为死亡在他们是常事。他们是可以随意丢弃的生命。可我的看法却恰恰相反。因为孩子们很稀有，他们一定是这世上最珍贵的东西，因为他们能让我们想起生命中的缺失，绝不是可随意丢弃的。我们甚至没有为媞媞服丧。用妈妈的话来说，为孩子们的事"悲伤"不是奥地利的传统。

1770年2月7日

我今天不想写日记。雪下得好大。下雪的日子令我格外思念媞媞。

1770年2月10日

我今天没去上骑马课。从妈妈那里收到了一封措辞严厉的便笺，要我停止"哀悼"媞媞。我气坏了，于是画了一张妈妈的肖像，画中的她长着大胡子，难看极了。

1770年2月11日

我撕了妈妈的画像，接着去找告解神父，把我的所作所为告诉了他。他给我了一本《玫瑰经》让我背诵。我原以为他至少会把我带到耶稣受难雕像前，让我说一两句祷告。

1770年2月20日

今天我去看望了露露。她问我婚礼准备得怎么样了。我想其实她问的是我有没有收到路易·奥古斯特的音信，可我不愿告诉她真相。于是我把两个王室之间的争论全都告诉了她。她只是叹了口气，用虚弱的声音说："法国人真是鸡零狗碎。"我无言以对。这是一句无法回应的评论。我想说："那为什么我要被送去那里？我为什么必须学习这些愚蠢的规矩，还有玩牌的方法、走路的姿势、坐姿，以及言谈？你们为什么要把我送到这样一个奇怪的国家去？我未来的丈夫甚至对我不屑一顾，连花时间给我写信都不愿意。"

正当这些愤怒的想法充斥着我的脑海时，露露说："他们想把它切除，知道吗，亲爱的？"

我当时一定太专注于自己的想法了，于是我措手不及。"什么切除？"我说，"你在说什么？"露露的脸上阴云密布，眼中似乎盈满了泪水。"你不知道，安东尼娅？他们没告诉你？"

"告诉我什么？"我问。我突然害怕了起来。接着她娓娓道来。她的腿得了病。宫廷外科医生想要把它切除。我倒吸了一口冷气。他们觉得，如果他们把腿切了，就能救她的命。可她害怕手术的痛苦。他们能做的就是给她些烈酒，让她失去知觉，可她还是能感觉到手术刀。

当露露告诉我这个故事的时候，我连呼吸都快停止了。这对我来说简直难以想象。仿佛有某个可怕的敌人长在她的身体里。我一直以为看得见的敌人就像怪物腓特烈大帝之流。这个长在亲爱的露露腿里的东西……噢，我受不了了。我该怎么办？换作是我，能有勇气承受这种痛苦吗？若我可以，又能否忍受自己的身体将变得残缺呢？

1770年2月23日

昨晚露露死了。他们直到今天早上才告诉我。可我已经知道了。午夜过后几分钟，睡在我床脚的炸肉排在睡梦中呜咽了起来。我被吵醒了。房间里一片漆黑。最后几支蜡烛已经熄灭了，然而一束月光透过百叶窗照进屋里，犹如一块碎冰落在地板上。有什么东西吸引我向窗户走去。我赤脚爬下床，跑过冰冷的木地板。我向窗外看去。月亮像一片小指甲似的悬在空中。月亮太小了，于是投下的光亮也有限。可是，就在那一刻，我知道露露已经离开了这个世界。"一路好走！"我轻声低语。我仿佛能看见她在夜色中起舞，她漂亮的大腿安然无恙，或许正踏着苏格兰旋转舞步，进入星辰之中。噢，是的，我能想象她正从大熊星座后面一跃而过，滑向天鹅座、人马座和冬日夜空所有的星座。要是天堂有音乐，露露就会找到它，一旦她来到那里，连天使们都会更加开怀。

1770年2月24日

妈妈宣布为露露服丧两周。服丧期恰好会在冬季舞会前结束，可我却被允许不用出席。为此我感激不尽。妈妈不断地说生活必须继续下去，尽管我明白她十分悲伤，因为她十分关心露露。但无论这么做是对是错，我在心里为这两个我在短短一个月间先后失去的亲爱的人儿留下了一席之地，我无法轻易地开始正常生活，却只能带着关于她们的回忆直到我走进坟墓的那一天。

1770年3月1日

露露去世不过才一个星期，妈妈就已经选好了她的继任者。当我结束骑马课回来的时候，考特青格尔伯爵夫人已经等候在我的房间里了。我不得不说我觉得妈妈完全可以提前告诉我一下。要知道，当你回到房间，发现有人正坐在炉火旁你最喜欢的椅子上，指挥你的侍女"动作快点儿，再倒点茶，叫人来添些炉火，去把红酒瓶找来。什么？女大公的房间里没有红酒？"会是一件多么让人震惊的事。

"我不喜欢红酒。"那是我对伯爵夫人说的第一句话。接下来的话我已无需再说。一切不言自明。你竟敢跑到我的房间，坐在我的椅子上，差遣我的侍女，还敢要酒？我的身上发生了某些令人惊叹的变化。我觉得自己在短短几秒钟之内仿佛长高了好几英尺。我的音色变了。在那短暂的一瞬间我变成了一个王后。而伯爵夫人也心知肚明。她立刻从椅子上跳了起来，向我行屈膝礼。"我是您的新家庭教师——首席教师，殿下。"她轻声说道。我回答："看来需要学习的人不止我一个。"布伦希尔德，我的日间侍女，差点掉了手里的盘子。我很快遣走了伯爵夫人，坐了下来，用最漂亮的字给妈妈写了一张信笺。

亲爱的陛下：

今天下午我惊恐地在房间里发现了考特青格尔伯爵夫人。她在我的房间里放肆无礼，不仅坐在我最喜欢的椅子上，还用极其讨厌的方式命令

我的侍女。很遗憾，您不曾事先告知我这位伯爵
夫人将接替我挚爱的露露，可是令我更加不安的
是，您竟然相信这样一个傲慢自大、冷酷无情的
人能胜任首席女教师一职。我觉得我无法向她学
习，而她倒是应该跟我学不少东西。

您恭敬的女儿

玛丽·安托瓦内特

1770年3月2日

今天我收到了妈妈发来的令人大跌眼镜的信笺。
我把它粘在我的日记本里。

女儿，好极了！

你在迄今为止我为你上的至关重要的一课上
表现卓越；其实，你超过了我的预期。考特只是
一个陷阱。你一眼就将她识破了。她的傲慢自大
是用来对付那些性感软弱之人的盾牌。但是你应

该好好研究她，因为在凡尔赛，有许许多多像她这样的人。我已经安排由她教授你学习玩牌和赌钱。她不会让你知道她将如何作弊，不过真相很快就会浮出水面。你应该能够发现这些蛛丝马迹，并且禁止它们出现在你的牌桌上。你难道没有发现她脸上长的疣才是最有意思的吗？

最真诚的，你亲爱的母亲，神圣罗马帝国皇后玛丽亚·特蕾莎，你敬爱的父亲弗兰茨一世的妻子

附言：你的字进步神速，拼写也完美无瑕！

1770年3月4日

我不知道自己为何没有注意到伯爵夫人鼻子上的疣。（我现在视她为萨奥尔·考特伯爵夫人。）我第一次见她的时候一定是被她的所作所为搞得实在心烦意乱，才会对那颗疣视而不见。可现在我看见了——又大又红，上面还长着几根小毛。这颗疣仿佛有生命一样，尤其是当我们在玩牌的时候。每当她拿到一手好牌，我都觉得它在抽搐。它实在太容易让人分心了，所以我觉得

自己应该无法很快识破她的作弊手段。毫无疑问，是她让我赢的，我想。然而，赌注却并非真金白银。或许我应该建议提高赌注，然后努力全神贯注于她的诡计。

1770年3月8日

两天前我建议提高赌注。伯爵夫人一直让我赢到昨天，今天她大获全胜。要是妈妈知道我输了多少钱一定会大吃一惊。可我却打算继续玩下去，因为我肯定自己能发现她的旁门左道。我把妈妈的话告诉了伊丽莎白，以及我认为现在伯爵夫人是如何开始作弊的。伊丽莎白也答应一起来玩，并且如果我需要可以为我下更多的赌注。她的兴趣被勾了起来。伊丽莎白向来都很喜欢文字游戏和智力游戏。因此她才会着迷于此，并且接受挑战。

1770年3月12日

伊丽莎白和我都不知道萨奥尔·考特是如何做到的。她真是聪明绝顶。她让我们赢到足够的钱，好让我们一直玩下去，不会觉得无聊。伊丽莎白已经识破了这种模式。一开始我们被允许赢上几手。然后她便开始当起了常胜将军。一旦我们开始意兴阑珊，她又让我们再赢几局。我们的兴趣真的始终不减，可是伊丽莎白和我决定假装不想再玩的样子，这样我们就能知道这到底是不是一种模式。可是今天韦尔蒙神父却加入了我们，而且他立马押上了一块金币。你真应该看看萨奥尔·考特那闪闪发亮的眼睛！不用说，萨奥尔·考特伯爵夫人打破常规，赢了第一手。

1770年3月17日

这段时间我要不就在牌桌上，要不就在骑马学校。我必须承认，我现在一看到扑克牌就觉得恶心。伊丽莎白和我都没有识破萨奥尔·考特的把戏。当我们坐在牌桌上，眼中的一切仿佛都是谎言和欺骗。我甚至开始怀疑韦尔蒙神父跟我们一起玩牌的时候偶尔也会作弊。那或许才是最糟糕的——一个人开始怀疑所有人。空气是静止的，房间里似乎也闷热了起来。

灰尘在昏暗的日光中跳着缓慢的小步舞飘浮来去。可是骑马学校就是一个完全不同的世界了。空气是凛冽的。枝形吊灯大放光芒。马匹们如此真实。

1770年3月18日

今天，就在萨奥尔·考特准备猛揍炸肉排的时候，被我逮了个正着。我气坏了。我真想对着她尖叫："你不但玩牌作弊，还虐待动物。"可我没有那么做，因为我们还想学她的作弊技巧。不过，我还是说要是再被我发现她敢动炸肉排或宫里的任何一只宠物一根汗毛，我就直接向妈妈告发她。每个人都知道妈妈无法容忍那些对动物残酷无情的人。萨奥尔·考特的脸色变得煞白。她被吓住了。

1770年3月20日

今天我感觉不太舒服。我的喉咙好痒。霍夫堡皇宫中到处都是从凡尔赛来的朝臣。最终方案正在制定中。日期已经确定。我的代行婚礼将于4月19日举行。在此之前两天，4月17日，我必须签署《弃权法案》，借此承诺我将永不染指神圣罗马帝国的皇位。

法国人身上的香水味太浓了。隔着好远就能闻到他们的味道。而我那通情达理、毫无纨绔子弟习气的哥哥约瑟夫声称，他们的一颗"见鬼的美人痣"掉进了端给他的一碟汤里。我不知道这是怎么回事。可我只知道那些女人的嘴角或是脸颊上都长着一个小黑点，男人们也一样！我希望路易·奥古斯特例外。

1770年3月21日

我发起了高烧。我病得太重了，没办法玩牌，也不能去上骑马课了。

1770年3月22日

今天伊丽莎白来看望了我，我觉得我在她身上闻到了那种可怕的法国香水味，于是我问了她。"不是我身上的，"她回答，"不过他们就徘徊在你房间外的走廊里。"我紧张了起来。"我快死了吗？所以他们才待在那里？"我哭了起来。她说当然不是，不过法国人总是那么歇斯底里，为了健康和身体机能杞人忧天。她告诉我，他们总是谈论自己的肝脏。

1770年3月25日

伊丽莎白识破了萨奥尔·考特伯爵夫人的把戏。她的右手戴着一枚大翡翠戒指。显然她在戒托上装了一根小别针，或许它只是金子做的基座上的一个粗糙的小点，可是却能让她在扑克牌上戳出一个小孔，然后以此作为标记。伊丽莎白说她知道如何怎么神不知鬼不觉地做记号，在外观上却一点也看不出来。只有极其敏锐的眼睛才能发现端倪，可是萨奥尔·考特就拥有一双这样的眼睛！

1770年3月26日

今天我的病情加重了。医生已经来了两次，妈妈下令让所有徘徊在门外的法国朝臣离开。我头疼欲裂，实在不能再写了。

1770年3月31日

我终于好些了，可是妈妈坚持要我卧床。因为明天第一支维也纳代表团就将抵达，向我恭贺新婚之喜。她希望我看起来能健健康康、精力充沛。我只被允许起床试穿明天接见时要穿的礼服。骑术教练弗兰克男爵以我最爱的马匹卡勃里奥尔的名义寄了一大束百合花给我。

1770年4月1日

我稍后会写到代表团的事。他们一一到来，似乎没几个人，不知不觉中却聚集了不少。我们彻底识破了萨奥尔·考特的骗局。噢，我不应该抢功。识破她的人既不是我，也不是伊丽莎白。是炸肉排！每每我们玩牌的时候，炸肉排总是在牌桌下睡觉。好吧，昨天晚上它待在桌子底下，我们听见它正在咬什么东西。我以为那是去年秋天厨师给它的鸡腿，那是它的最爱。可不是。那是萨奥尔·考特在桌下脱掉的鞋。她经常说起她的拇囊炎，以及她疼痛不堪的双足。因此她总是借口脱掉鞋子。她弯腰去捡鞋，接着我们听到炸肉排轻轻吠了一声。萨奥尔·考特站了起来，满脸通红，眼中射出怒火。接着我们听到一声可怕的尖叫，牌桌似乎要翻了。她踢了炸肉排。炸肉排叼着她的鞋子从桌下逃了出来，从鞋子里掉出两张王牌！魔王！这些天她一直把王牌藏在她的鞋子里。这么说她不仅在纸牌上做记号，还在运气不佳的时候用别的牌掉包！简直无耻！

她奔出了房间！我现在真为炸肉排的安危担忧。

1770年4月2日

第一支前来向我表示祝贺的代表团由二十名来自维也纳大学的学者组成。他们用拉丁语向我致辞。我连一个字都听不懂，不过幸好神父已经为我准备了一篇简短的拉丁语发言稿（非常短，才三句话），于是我才能做出应答。伊丽莎白事先已告诉我该如何应对。她说我做得很好。又及：伊丽莎白和我把萨奥尔·考特在牌桌上的骗术告诉了妈妈。妈妈只是笑了笑，点了点头。"她已经完成了她的任务。我会把她送回'妇人花园'。"这是妈妈给为侍女准备的会议室取的名字。我问妈妈为何不把她派往宫室，妈妈似乎被我的愚蠢吓了一大跳。"什么？让她待在我的视线范围之外？绝不！"

1770年4月3日

太高兴了！！！噢，最亲爱的日记本，你一定猜不到今天发生了什么。我终于收到了来自未来丈夫的信。法国大使迪尔福尔今天抵达了维也纳，带来了路易·奥古斯特的肖像，还不止一幅，竟有两幅——一幅给我，一幅给妈妈。正如韦尔蒙神父所说，他的相貌谈不上英俊，尽管他的样子有些笨拙，表情却很讨人喜欢。比起那些点着美人痣、涂脂抹粉的宫廷花花公子，我更喜欢这张肥嘟嘟的脸。我把他的肖像挂在窗畔书桌前的墙壁上。现在我要坦白交代：今晚我对着这幅画像练习了说话。画中，他的嘴形是一条稍稍有些纤细的直线，可我看得出来，只要嘴角略微上扬，就会出现一个最令人喜爱的微笑。于是我挖空心思，想要说些有趣的话题。这种时候，谜语一贯能派上用场。迪尔福尔大使阁下对我的反应十分满意。他告诉我，王太子对锁具和锁匠工作尤其感兴趣。可是我对这些却一窍不通。伊丽莎白建议我派人去把宫廷锁匠请来，让他给我看几种锁，并且讲解一番。

1770年4月6日

　　锁具好无聊。不对，是极其无聊。可是一些人却对它们乐此不疲。慕尼黑玛斯先生，帝国的宫廷锁匠，昨天带着各种各样的锁兴高采烈地来到我的宫室，向我解释它们错综复杂的原理。幸运的是，伊丽莎白也在，于是她提出了所有的关键性问题。我无聊透顶，压根不愿意动脑筋。以下是我学到的东西：几

千年前，第一把锁在埃及被发明，当时的工艺极其粗
糙。只是一些螺栓锁罢了。接着慕尼黑玛斯先生引用
了《旧约》中《以赛亚书》的话："我必将大卫家的
钥匙放在他肩头上。"借此，他就钥匙的发明、脱针
原理、齿轮换向器以及各种被用于锁具的机械部件发
表了一段至少长达二十分钟的演讲。伊丽莎白为我列
出了所有的基础部件，并且用草图的形式把它们画了
出来，好让我复习，从而为了王太子训练自己。我希
望除了锁具，王太子还有其他可以跟我分享的兴趣
爱好。

1770年4月10日

妈妈要求我睡在她的宫室里，并且要我跟她同
床而眠。仿佛她觉得在我离开她以前，关于婚姻、生
子、对待仆人和朝臣，已经没有足够的时间来告诉我
所有我需要知道的一切。当我们的侍女服侍我们就寝
的同时，她滔滔不绝。我感到兴味盎然，不过跟妈妈
近距离地生活在一起，让我发现过去的两年她老了许

多。当她的侍女为她脱衣服的时候，我能看见她的皮
肤松弛，脖子周围尤甚，而尽管她体态丰满，仍掩盖
不住她身体的虚弱。她那除去假发和发辫的脑袋犹如
一只瓷碗般小巧而脆弱。妈妈今年五十四岁。我知
道，这已是高龄了。可是她的一些同龄人看起来却年
轻得多，不过她们并不是神圣罗马帝国的皇后。她们
无需同如腓特烈大帝之流的怪物打交道。我发誓要认
真聆听妈妈的教诲，牢牢记住她说的话。我不愿让她
为我担心。

1770年4月12日

根本没有时间写日记。我连续几个小时都在试穿
我的新法国行头。还有不到两个星期的时间我就要出
发去法国了!! 我的代行婚礼将在一周内举行。

1770年4月13日

昨晚就在妈妈和我跪在床前祈祷的时候，我发现

她的手在颤抖。我又一次感到妈妈真的老了。我希望自己能慢些老去。我只是讨厌自己的皮肤像她一样长出皱纹、松弛下垂。而皮肤光滑的部分则颜色斑驳暗沉。对我来说，五十四岁是一个不可思议的岁数。然而，她心中有那么多的牵挂。我祈祷我的王妃及未来的法国王后之路会稍许轻松一些。法国人有各种庆祝活动和娱乐消遣的方式。这些会有助于我。当然了，王室也非常富有。我从不觉得需要为钱的事担心。

1770年4月14日

明天法国大使迪尔福尔就要带着即将陪伴我的王室随从抵达了。我已经跟妈妈、考尼茨亲王以及我们被派往法国宫廷的大使梅西伯爵开了一整天的会。这次的随行人员超过了一千人。我发现这些会议对我来说难以忍受，因为这是我第一次知道我能带去法国的私人物品少之又少。我的侍女没有一个会陪我一道进入法国边境。这些马车夫我一个都不认识。除了韦尔蒙神父，没有一张熟悉面孔。我会在边境线上斯特拉斯堡附近的舒特修道院里会见新的侍女和仆人。我不但不被允许带上那些精心服侍我的亲爱的人们，连我的私人财产和一件衣服都不能带。我哭了起来，这让妈妈慌了神。我恳求带上炸肉排。他们说他们会考虑一下。

1770年4月15日

我们在阳台上站了三个小时，观看队伍进入霍夫堡皇宫宏大的庭院。一共有四十八辆四轮大马车，每辆车由六匹马驾驶，其中包括路易十五特别为我定制的巨大的镀金四轮双座篷盖马车。我迫不及待地想要一探其究竟。我知道它们被饰以豪华的蓝色天鹅绒，安装着小巧的水晶枝形吊灯和一张用来摆放成套茶具的桌子！就为了这些马车，专门配备了一百多名掌马官。

1770年4月16日

今晚我们正式接待了代表路易十五的大使迪尔福

尔。一共有两场表演，其中包括诺维尔精心设计的一支芭蕾。我不禁想起今年夏天的表演，还有我们在美泉宫跟媞媞一起跳芭蕾舞的日子。为了今晚的盛会，我不得不和四名发型师共度六个小时。我今晚一定会睡不好，为了保护发型，我必须用木块替代枕头。不过，我的贴身侍女莉泽尔却答应在我的脖子下面搁一大团棉花。

1770年4月17日

今天正午时分，在霍夫堡皇宫的会议大厅，在妈妈和我哥哥约瑟夫、他们的大臣和参赞的见证下，我以哈布斯堡王朝子孙的名义签署了《弃权法案》。这意味着无论是我还是我将来的孩子们都无法继承皇位。作为皇帝与妈妈一同执掌皇权的约瑟夫为自己和他的孩子们保有了所有的权利。我必须对着《圣经》宣誓。这感觉太古怪了。我从出生起便住在奥地利，身为一个奥地利人，而现在通过这项法案我将自己赶出了奥地利。这是一种心理上的迁移。这是一个信号，让我知道自己同出生地从此再无瓜葛。四天内，当我登上其中一辆四轮双座篷盖马车，离开我出生的国家，这种心理上的感觉就会变成现实了。

又及：就在几分钟前，伊丽莎白带着好消息冲进了我的房间——我被允许带着炸肉排去法国。我欣喜若狂，可是当我弯腰抱起炸肉排的时候，突然被冷酷的现实击中了：我多么想带伊丽莎白一起走，我何时才能再与她相见？当我直起身来的那一刻，透过她的面纱，我在伊丽莎白的眼里看到一模一样的心思。我们奔向对方，把炸肉排挤在中间，紧紧地拥抱在一起。炸肉排叫了起来，我们则哭了起来，泪流满面，而炸肉排却开始舔我们的脸，把我们都逗笑了。噢，我的脑子乱成一团。我大笑。我大哭。我无法理清自己的思绪。而两天内我的代行婚礼就要举行了。

1770年4月18日

今天我和费迪南德排练了代行婚礼仪式。我们不住地笑场。毕竟我们做了那么久的兄妹，一起赛马、玩游戏和恶作剧，这对我们来说实在太难了。由他来代替新郎，而我是新娘，实在荒唐。这难道是在玩游戏吗？费迪南德上回把一只小青蛙藏在我最爱的甜品维也纳蛋糕上的事，我至今仍记忆犹新。原本应该是放柔软的白色鲜奶油的地方却出现了一只发抖的绿色小青蛙。我们笑得肚子都疼了。

现在当费迪南德和我像今天下午彩排时那样一起跪在奥古斯丁教堂里时，我唯一想到的就是那只小青蛙，于是我大笑了起来。起初我假装自己在咳嗽，可我实在瞒不下去了。费迪南德知道我在想什么，于是他开始做鬼脸，后来又捧腹大笑得喘不过气来。天哪，实在太痛苦了。梅西伯爵严肃地跟我们谈话。我们终于完成了仪式，没再大笑。

1770年4月19日

我结婚了，可我觉得自己跟以前没什么两样。费迪南德和我在仪式上的表现堪称完美。真没想到我会

大笑，要知道这可是十分庄严的场合。我穿过一支由
两百名皇家士兵组成的仪仗队，向毗邻宫殿的奥古斯
丁教堂走去。我身着银色衣裙，裙裾足有三十英尺
长。妈妈亲密的老朋友特劳特曼斯多夫伯爵夫人提
着我的裙裾。我明白萨奥尔·考特伯爵夫人一定很恼
火，因为她期待担任这项工作。可我向来都很喜欢
"特劳提"，妈妈一直这么叫她，而她也是我前往法国
的随从之一。当费迪南德为我戴上戒指，我试图想象
路易·奥古斯特的模样，可是尽管他的肖像已经在我
的墙上挂了好几天了，因为某些原因我就是无法捕捉
到他的面目。

今晚我给我丈夫的祖父国王路易十五和我的丈
夫法国王太子写了封信，告诉他们我的婚礼已经举
行。我署名安东尼娅。妈妈没有表示反对，这让我大
吃一惊。不过这也是我最后一次签自己的名字了。从
今以后只有玛丽·安托瓦内特。我得知法国根本没有
安东尼娅这个名字。再休息一天我就要离开了。据说
我们由马车、掌马官和侍从组成的队伍几乎有两百
米长。

1770年4月22日

奥地利，恩斯，奥埃尔斯佩格亲王城堡

今天天气寒冷，还下着雨，这座城堡对我来说似乎还不够温暖。我问特劳提，要是宴会厅也这么冷，我们打算穿什么衣服出席亲王的宴会。谢天谢地，特劳提是个十分明智的人。她说她打算穿法兰绒内衣御寒，如果我乐意也可以像她一样。这正是我喜欢特劳提的原因。她从不发号施令。她总是用实实在在的例子引导别人。

我们的第一个夜晚是在梅尔克的一个修道院里度过的。到目前为止，我哥哥约瑟夫一直陪伴着我们。修道院唱诗班的学生们表演了一出歌剧。他们的表演简直糟透了。这只能证明妈妈说得没错——一旦离开了维也纳，音乐的品质就会直线下降。离开维也纳越远，音乐就会变得越糟。

我们乘坐的马车——四轮双座篷盖马车——就跟被描述的一样金碧辉煌。实际上，特劳提曾说今晚与其待在城堡冰冷的石头屋子里，还不如坐在四轮双座篷盖马车上更舒服。我打算让炸肉排睡在我的裙摆下面。我当然不想让它感冒。它是我前往异乡时唯一能从过往的生活中带走的东西。

1770年4月25日

巴伐利亚，艾尔特·埃廷根

每一天竟然过得千篇一律，真令人吃惊。我在旅程中感到无所适从。当我们经过乡村或小村镇，当地的人们跑出来挥手欢呼，于是我很快就厌倦了车窗外的景色。恰恰相反，妈妈一定会沉醉其中，因为这是她的王国，她对其中的每一个角落都充满了兴趣。的确，我们正经过组成帝国的所有小国。现在我们脚下的土地叫做神圣罗马德国帝国，但它依然在妈妈和约瑟夫的统治之下。

现在我们正离慕尼黑越来越近，而在我逗留期间，将计划举行许多欢庆活动。巴伐利亚选帝侯① 就

---

① 指代那些拥有选举"罗马人的皇帝"的诸侯。这是德国历史上的一种特殊现象。

住在那里，并且是整个欧洲最富有的人之一。他在阿玛琳堡的狩猎小屋和他的庭院应该与众不同吧。我们派信使将消息送回维也纳。我给妈妈、伊丽莎白和费迪南德分别写了信。给伊丽莎白的信让我很难下笔。我意识到当我们出发的时候我并没有做太多的告别。因为离别实在痛苦，尤其是跟伊丽莎白说再见。我觉得自己快感冒了。

1770年4月28日

德国，奥格斯堡

我们都得了重感冒。难怪！自从我们离开维也纳，雨就没停过。我从未谋面的姑妈夏洛特，我父亲的妹妹，明天将在金斯贝格修道院迎接我，她是那里的院长。

1770年4月29日

我真高兴能来到这里，因为我们都得了感冒，于是会在这里多待几天。我的姑妈夏洛特是世界上最好的女人。我一眼就能看出她跟我亲爱的父亲有几分相像。她既安静又亲切又温柔。我真希望自己能永远住在这里。她用文雅而高效的工作方式操持着这座修道院。这里风景秀丽，因为奥格斯堡是帝国最富有的城市之一。

1770年5月1日

我跟夏洛特姑妈度过了一段愉快的时光。她教了我一种新的刺绣针法，我们坐在她舒适的住处里喝茶，我向她讲述她所有的侄女和侄子的事。当我说到费迪南德如何把一只青蛙放在我的甜点里时，她开怀大笑。接着她对我说了许多关于父亲的趣事，以及他们在洛林的童年。她答应，明天要是我的感冒有所好转，就带我去远离修道院、毗邻森林的牧场边缘，那里长着野生芦笋。她说那是上帝在地球上播种的最美味的东西。我简直迫不及待了。可我却担心一旦梅西伯爵或迪尔福尔大使坚持让惯常的随行人员陪同，就会毁了这次远足。

1770年5月2日

噢，时间已经不早了，可我一定要把夏洛特姑妈和我度过的美好的一天记录下来。这一天是从夏洛特姑妈和——没错，就像你猜的一样——梅西伯爵以及迪尔福尔安静的交谈中开始的。不，她可不要大批随从。她只让两名随行人员陪伴我们，再带上特劳提。你一定不肯相信，可是她却办到了。她简单直接地告诉他们，牧场是一个平和美丽的地方，那里生活着可爱的鸟儿、小松鼠和田鼠，有时候还有鹿，进去的人必须轻手轻脚才不会惊扰动物。她说她想让我去看看，因为它们是受到上帝赐福的单纯而美好的事物，而我一旦进宫，就很少有机会能享受大自然了。她不会允许五十名卫兵和随从骑着马、挥舞着宝剑践踏上帝的牧场。

于是我们出发了。只有我们五个人，带着两只野餐篮和用来挖芦笋的小铲子。我看到了所有的东西——鹿，山雀，一只草地鹨，一只飞过田野的红尾鸳，对了，还在森林边缘看见了一只跟妈妈待在一起的小母兔。

我们挖出芦笋，当晚夏洛特姑妈就以此为食材，亲自用黄油和融化的奶酪为我烹制了菜肴。我吃了整整一盘，喝了半壶甜牛奶。接着我又吃了两大片粗麦面包，那是姑妈和修女们每日新鲜出炉的。

今晚我对特劳提说，我现在明白为什么一个女人会选择修道、寻求一种与世隔绝的生活。你只顺从于一个人，耶稣基督。他是你的丈夫，你的保护者。成为基督真正的新娘要比做一个帝国的皇后更强大。

1770年5月3日

不幸的是，我们的感冒都好了。我担心两天内我们就要出发了。我一定会很难过的。

1770年5月4日

我们明天就要走了。我试图让夏洛特姑妈答应她会去凡尔赛看我。于是她开口说道："噢，不，亲爱的，凡尔赛……"可是她马上意识到她要说的话，转而轻声说道:"要知道某个人身在何方以及他心中的所思所想,其实不必一定要在他的近旁,亲爱的安东尼娅,相隔千里一样可以亲密地交谈。"我想她说得对,而她不曾说出口的话亦是真理,那是她刚刚欲言又止的:"一个与基督精神生活在一起的人在凡尔赛是没有立足之地的。"

明天将迎来最艰难的一次道别。

1770年5月5日

德国,里德林根,乌腾堡公国

我们现在正在乌腾堡的市镇,就在多瑙河旁边。河流的气味令人作呕。我尽量只努力回忆夏洛特姑妈为我做的芦笋的味道。

1770年5月6日

斯特拉斯堡附近,舒特修道院

今晚我们抵达了修道院,这是我们在帝国和法国边境之间的最后一个休息站。我们大家都筋疲力尽。
再过几分钟我就要见到我的新侍女以及她的丈夫，诺
阿耶伯爵夫妇。伯爵是法国国王的另一位高级大使。

又及：现在已经很晚了。我已经见过了伯爵夫
妇。我不喜欢他们。他们十分妄自尊大。伯爵几乎对
我视而不见。他满脑子都在考虑一份在他看来有辱凡
尔赛宫廷的文件中的一些措辞。他和梅西伯爵商量着
对策。我完全被忽视了。我觉得伯爵对待我的行为比
任何写在纸上的辱骂更过分。不管怎么说，我当时就
在房间里。比起我，伯爵夫人似乎更关心伯爵。因
此，明天我必须跟善良、通情达理的特劳提告别，取
而代之的则是这个仿佛一直在冷笑的女人。

1770年5月7日

我睡不着。此刻我借着最昏暗的黎明之光写日
记。今天将举行交付典礼。交付的对象就是我。地点
既不在奥地利，也不在法国国土，而是在一个靠近中
间地带的地方，莱茵河中央的一座岛屿上。那里有一

幢专门为了典礼建造的建筑物。可是，我依然不太清楚这究竟是个什么典礼。人们对此含糊其辞。我稍后会再多写一些。几个小时之内我就要穿上为了典礼准备的礼服，配上我的奥地利珠宝，可是很快我又要换衣服。

后来：斯特拉斯堡

现在已接近午夜。我筋疲力尽，却辗转难眠。接下来的两天都将举行庆典活动。我必须微笑。我必须看起来和蔼可亲。我必须聚精会神地聆听，可是现在，亲爱的日记本，请你听我说，因为我会哭，我会发脾气，我必须倾诉衷肠。今天的典礼是我做过的最困难的事。交付本应是一种国家典礼。除了葬礼，我实在联想不到其他场合——我自己的葬礼！站在我自己的尸体旁，看着人们如他们所愿的那样按部就班地举行仪式，让我感觉怪异。

中午的时候，我被安排坐船前往临近斯特拉斯堡城门、位于莱茵河两道支流中间的埃皮岛。接着我穿过两排士兵和一千人的人群,来到一幢临时搭建的建筑物。我从位于奥地利国境上的一扇门里走了进去。迎面而来的是一间悬挂着壁毯的巨型会客室,我在一把椅子上落座,身处一个位于华盖之下的平台上。接下来是许多长篇大论和文件移交。屋外下起了倾盆大雨,或许因为这幢建筑是在很短的时间内迅速建成的,不免有些缝隙,于是雨水从许多地方灌了进来。我看见诺阿耶伯爵夫人悄悄离开了一个水塘。每个人都对大雨视而不见,因为他们的视线通通集中在我身上。可我却做不到。我研究着径直落在我座椅前方的凶猛的雨滴。借此我才能在几百双眼睛的注视下昂首挺胸,假装镇定。雨滴是我唯一的消遣,是我唯一的慰藉。到后来,我所有的注意力都集中在雨滴上,竟然没有注意到包括整个奥地利代表团在内,房间里的大多数人都已经离开了,我被独自一人留在了外国人中间。梅西伯爵走了。特劳提走了。布伦希尔德走了。我的马车夫和随从走了。站在我面前的是诺阿耶伯爵夫妇,他们严厉的脸孔带着一丝铁青,了无生气。伯爵漂亮的面具以一种过时的姿态滑到了他的耳旁。

　　接着我被带到一间远离大厅的房间。起初我高兴地见到了我旧日的仆人布伦希尔德、特劳提和其他几个贴身侍女。可是当她们接下来对我说的话让我五雷轰顶：我被命令脱下每一件衣服，包括我的裤子、长袜和内衣，将这些奥地利服装丢弃。之后我将几乎一丝不挂地穿过一扇门来到另一间房间！特劳提向我保证那里不会有男人，迎接我的只有女人，而当我穿过这道大门去往另一个房间时，我仿佛穿越了无形的国界线，进入了法国。然后我全身上下会穿上法国服饰。

　　于是他们开始替我除去身上的衣服、戒指和鞋子。就连一个搭扣、一块花边手帕都不能越界。尽管我像出生那天似的赤身裸体，我却在空气中感受到了死亡的气息。我就是一具准备用来埋葬的尸体。我要向诺阿耶伯爵夫人行屈膝礼，她就站在那里，手里拿着一件金色布料做的长袍，可我无法光着身子行礼。取而代之的，我冲向她，以惊人的速度一把夺去长袍，其他侍女惊呼连连。伯爵夫人对我嗤之以鼻，要知道只有作为女官的她才有权替我披上长袍，而我之所以要行屈膝礼，就是为了答谢她作为地位最高的侍女为王室所做的服务。"那是规矩。"我没有回答。我只是用长袍紧紧地裹住自己。我真想冲着她尖叫："尸体是不会行屈膝礼的，你这个白痴！"可我没有这么做。

1770年5月9日

斯特拉斯堡外，萨韦尔恩城堡

我多少从埃皮岛的折磨中缓过来了一些。可是，我依然不知道自己能否适应诺阿耶伯爵夫人。同从前的萨奥尔·考特相比，她唯一的优点就是目前为止我认为她不会在打牌时要诈。昨晚我们玩了几手。当她因为我拒绝行屈膝礼而对我嗤之以鼻，说出"那是规矩！"这句话时，我压根没有想到接下来的两天里她会寻找各种场合把这句话至少说上四十遍。这是她最喜欢的措辞。我想我应该叫她规矩夫人才对。

每晚，为了向我表示敬意，都会举行庆典活动和表演。昨晚举行了舞会，而今天早上斯特拉斯堡主教举办了一场大弥撒。对了，昨天还有一支由杂耍人、小丑和杂技演员组成的漂亮队伍穿街走巷。红衣主教把我介绍给一个据说有一百零五岁的女人。她瘦小得像个孩子，又像葡萄干一样满脸皱纹，可是她眼睛清澈，嗓音清脆。她向我走来，说："王妃殿下，我向上帝祈祷您能像我一样长寿，健康。"我回答说如果这是法国之幸，那么我希望她的愿望成真。听了我的回答，就连诺阿耶伯爵夫人都点头赞许，对我笑了笑。

每回只要我言辞恰当，伯爵夫人都像吃了一惊似的，或许是因为我流利的法语吧。我不敢相信她竟然不知道法语是哈布斯堡王朝的官方语言。其实，我的软肋是法语书写，还有德语书写。可是，瞧瞧我有了多大的进步。瞧瞧从我开始学习以来我造的句子变得多么有趣。随着我的书写日益进步、写的句子越来越有意思，我相信我的思维也越发有趣了。现在，我用一种新的角度来思考人们和行为——最重要的是，我深深地反省自己内心的想法，有时候会过于深陷其中。

现在我们正在去巴黎的路上，正住在斯特拉斯堡主教在萨韦尔恩的官殿里。它实在太宏伟了。

1770年5月11日

我预计将在未来的三天内抵达贡比涅。国王和太子最喜欢去那里的森林狩猎。他们将会在那里与我会合。我紧张极了！我再也无法将注意力集中在熙熙攘攘的人群中以及经过的每个城镇用来迎接我们的欢庆横幅上了。诺阿耶伯爵夫人一直在说话——除了礼仪，她还能说什么呢。她对我们抵达贡比涅后我要做的事滔滔不绝。我该如何走下马车。我该如何行屈膝礼。我该如何首先向我丈夫的祖父国王陛下致意。当我们大家一起坐在马车上时我该如何将双手叠放在一起。我必须怎么做才能获得将在那里同我们见面的其余侍女的尊重。每晚休息前，诺阿耶伯爵夫人都会让我至少练习五遍向国王行屈膝礼。这个动作很复杂，可是在舞蹈老师诺维尔的训练下，我早已经准备充分。我想她一定对我的表现大吃一惊。

这不是一个简单的屈膝礼。需要分四个部分完成。首先必须半跪。左腿稍微向后伸。接下来在用手臂将裙摆向后掠的同时，完全伸展左腿。这个姿势必须保持整整十五秒，并且在心里默数一、一千、二、一千，以此类推。接下来再以同样的方式站起来。我虽然完成得很好，可是伯爵夫人总是能找到错处。她真是个烦人的女士。我根本无法想象有这样的女官在身边活上一百零五岁的生活。

1770年5月14日

贡比涅附近，伯恩桥

此刻，我呆若木鸡。我唯一能做的就是用这支笔在纸上用力书写。我终于见到了法国王太子，我的丈夫路易·奥古斯特。他太可怕了！我不知该从何说起。

当我们抵达伯恩桥时，阳光明媚。整个世界闪闪发光。我的一举一动完全遵照诺阿耶伯爵夫人的指令。我在荣誉骑士和第一侍从武官的陪同下向国王陛下走去。他是我所见过的最英俊的男人之一。我以为他的孙子也一定跟他一样。我的屈膝礼完美无缺，甚至无需按照要求保持十五秒，因为很快国王陛下便亲自俯身用他的仁慈之手托起我的下巴让我起身，接着他亲吻了我的双颊，用最迷人的嗓音跟我说话。我当时还没发现王太子的存在。后来，国王用有些严厉的语调呼唤道："路易！路易！过来，孩子，快来见见你可爱的小新娘。"

当这个笨拙的大块头男孩迈着拖沓的脚步出现在我面前的时候，想象一下我的惊骇吧。他根本没有看我一眼，而是盯着地上。我看见了国王脸上的惊愕，我还看见他捅了一下王太子的肋部。路易·奥古斯特走上前来。我觉得自己可能要晕倒了。我太讨厌他了。他跟照片一点也不像。他又胖又呆滞。皮肤上长着青春痘。眼睛黯淡无光，还是个斗鸡眼。他笑了，可是最糟糕的是他一点也不讨人喜欢。我觉得自己就像个傻瓜，一个大傻瓜。我曾那样满怀希望。还为他会如何看待我、我还不够漂亮而忧虑！我竟然曾一度以为王太子是世上最英俊的年轻人，一个来自奥林匹斯山的天神！哈！我怎么会那么傻？

我花了一年多的时间学习法国王室的规矩和礼

仪，可这个丑陋的呆子连话都不会说。在马车上我坐在他跟他祖父中间。王太子连一个字都没说。他只是一味地看着他的双脚，剥他的指甲，多么令人作呕！

谢天谢地，我们刚刚已经被带到了贡比涅城堡，被送进了各自的房间。

由伯爵夫人领进来的国王陛下的典礼官才刚走。他为我送来了十二枚婚戒让我试戴，看哪个最合适。真的，没有一枚合适的。我勉强选了最松的那款。

1770年5月15日

凡尔赛附近，米埃特城堡

道路被欲一睹我真容的人们挤得水泄不通，马车只能像蜗牛一般缓慢前行。今晚我们不得不在距离凡尔赛几英里之外的米埃特城堡止步。我们享用了一顿法国王室家庭波旁家族眼中的"小型家庭晚餐"。在座的只有我们三十五个人。我第一次见到了王太子的弟弟，我的小叔们。他们俩都很英俊！在路易·奥古斯特身上究竟发生了什么？可是，他的弟弟之一——恰好与我同龄的普罗旺斯伯爵却十分妄自尊大。另一个比我小一岁的阿图瓦伯爵却充满了魅力。他有那么点害羞，可是却能对书籍、马匹和游戏侃侃而谈。他们两个都比他们的哥哥好多了。这不公平！为什么我要嫁给这个一脸青春痘、从不开口说话、指甲脏兮兮的胖子？

当我们落座时，我注意到在餐桌远远的一头坐着一个外表有些粗俗的年轻女子。除去她扑了粉的头发和令人眼花缭乱的珠宝，她的样子就像个来自街头的贫民。我向阿图瓦伯爵询问她的身份。他一脸不安，可他的哥哥却插嘴道："噢，杜巴利伯爵夫人！"他发出一声冷笑，坐在我们周围的人们突然沉默了下来。想到国王竟然把他的情妇带到"家庭晚餐"的场合中来，我觉得实在太可怕了。我觉得自己受到了严重的冒犯，不过令人安慰的是有这种感觉的不止我一个人。餐桌上的每个人都被震惊了。后来诺阿耶伯爵夫人在我的房间里气得冒烟。这是我们第一次看法一致。奇怪的是突然之间国王陛下就让我失去了对他的所有好感。我眼中的他变得相貌平平。我看见了他身上的各种瑕疵。他的下巴有些过于松弛了。他的右眼下垂，嘴也过于肥胖。

后来，我走进我的卧室，发现一个大约一英尺长宽、高约八英寸的皮革小箱子被径直放在我的床上。我松开搭扣，打开盖子。一阵眼花缭乱。里面是红宝石、绿宝石和钻石——有项链、手镯和耳环。一张纸条上写着短短几句话："这些是由法国王后佩戴的珠宝。现在它们属于你。挚爱你的祖父，国王路易十五。"

明天我们的队伍将继续向凡尔赛进发。明天就要举行婚礼了，真正的婚礼，路易和我将一起走过一段走廊，进入凡尔赛著名的镜厅，接着来到教堂。天气情况似乎不容乐观。可是我才不在乎我大婚那天下不下雨呢！阳光灿烂只会让我生气。我感受不到一丝幸福。只有恐惧和害怕。

1770年5月17日

凡尔赛

我结婚了。

一个月前当我跟代替王太子的费迪南德举行代

行婚礼后，我曾说过我没觉得生活有什么两样。今天我依然没有感觉到不同，但那并不意味着我什么感觉都没有。路易和我走过一条长长的镜廊。雨水终于暂时止住了，阳光洒进高窗。人们在屋子里站成一排，他们身上的锦缎和珠宝在阳光的照射下闪闪发光。可是没有人会比我更耀眼。钉在我裙子上的四千颗钻石反射着日光，我被笼罩在一团闪烁的光辉中。我们走进国王的曾祖父路易十四的教堂。这里被白色大理石和黄金装饰得令人目眩。管风琴从上面的游廊直冲云霄，到处都是关于耶稣生平的绘画和雕塑作品。可吸引我注意的却是一幅漂亮的金色浮雕，画面中大卫王正在演奏管风琴。他摆出正在拨弄琴弦的动作，整个人仿佛凝固住了，一动不动。或许只有上帝能听见他的音乐，可是也有可能像妈妈说过的那样——一个人离开维也纳越远，他的音乐才华便会越发枯竭——也许在法国根本没有真正的音乐。

这个想法突然让我一阵伤心，我觉得自己热泪盈眶，接着我感觉自己的手被握紧了。正是路易·奥古斯特，他正用混杂着悲伤和恐惧的眼神看着我。那一刻，我对他充满了同情。他跟我一样害怕，我心想，并且意识到虽然我可能不爱路易·奥古斯特，却可以做他的朋友。无论如何，我们得一起熬过去。我现在必须得走了，因为介绍我的王室成员的时间到了。我将见到所有的侍女和服侍我的仆人。

后来，在霍夫堡皇宫，服侍我的人主要有六个——三个贴身侍女，我的家庭教师，我的音乐教师，有时候还有一个助教和一名告解神父。在这里我有差不多两百名仆人。仅接待员就有九个人，为我骑马或乘坐马车外出准备的掌马官有六人，两名医生，四名外科医生，一名钟表师，一名假发师，数名厨师、司膳总管、负责酒类的男仆、专门服侍我沐浴的侍从，十四个等在我的卧室里处理亚麻制品和服装的女士，还有十二名有贵族头衔的侍女可以陪我玩牌、聊天和散步！怪不得我的宫室都那么大！不然怎么可能装得下那么多人？

1770年5月18日

　　我简直无法置信。今天自从来到这里以后我第一次洗澡，我发现在我的浴室里有多达八个女人同戴着假发和珠宝、身着礼服的诺阿耶伯爵夫人一起站在浴池旁边。根据礼仪，我应该脱掉衣服，进入浴池，伯爵夫人会把肥皂和毛巾递给负责管理我的睡袍和衬裙的梳妆侍女。然后她会把东西递给宫廷内侍，再由后者传递到沐浴侍女的手中，她会替我洗澡！我从六岁开始就自己洗澡了。我的贴身侍女会替我放水，她们每个人都会说几句有趣的打油诗来提醒我别忘了清洗耳后，可是这些女人把我当作什么？一个彻头彻尾的白痴？我又一次被要求在一群陌生人面前一丝不挂。我可不干！好了，规矩夫人又开始了她的谆谆教诲。"在我们国家——"她说。我知道她接下来要说什么，而我一句也不想听。我立刻要来一条法兰绒长袍。我在一面屏风后面自己脱下衣服，穿着一件法兰绒睡衣重新出现在众人面前。我步入浴池。这是我想出的折中方案。如果她们坚持待在那儿替我洗澡，我不会让她们看到我的一寸肌肤。沾上了肥皂的毛巾和海绵很好用，可我终于设法从沐浴侍女的手中夺下了一样，在睡衣下面替自己擦洗。

1770年5月22日

我究竟该如何让自己习惯凡尔赛那讨厌的臭气？简直难以想象。他们没有足够的厕所供那些漫无目的乱转的人们使用。每天至少有六千个人在这里进出。这里的贵族是霍夫堡皇宫的三倍，厕所却不足那里的三分之一。人们在走廊的角落里方便。虽然这里关于生活的方方面面都立下了规矩，从玩牌、吃饭到穿衣、行礼，但是对撒尿却似乎毫无约束。这让他们的所有礼仪变得更加可笑。

还有另一件事。我相信自己变瘦了，因为我发现在一千名观众面前吃饭是一件十分困难的事。没错！你相信在这里他们就是这么干的吗？几乎每一天我们都必须当众进餐。在某些场合各个家庭分支会各自用餐，不过也都是在同一时间，地点则是连通的沙龙里。接待员允许任何打扮得体的人进来观看我们吃饭。可这些参观者或许已经对观看路易和我啜饮清汤的画面失去了兴趣，于是决定跑去隔壁的沙龙，在那里，国王陛下和杜巴利伯爵夫人已经开始享用他们的甜点了。而当举办所谓"盛大宴会"的时候，我们所有人要一起在一座大厅用餐，那里有一条走廊俯视着我们的长桌。几百个人从上面看着我们。这足以让一个人胃口全无，至少我是这样。王太子却完全不受影响。他埋头于堆得像山一样的吃食之中。有时他最后会打个响亮的饱嗝，所有人都笑了。让我意外的是他们竟然没有鼓掌！这正是凡尔赛礼仪的神秘之处。

1770年5月24日

　　我不知道这辈子是否还能享有片刻私人时间。几乎每一分每一秒总有人在我身边打转。这是凡尔赛的贵族男女们最大的消遣。观看王妃享用她的晨间咖啡。观看王妃梳妆打扮。在这里我被要求化妆。在维也纳我从来都是素面朝天。自从来到这里，我再也没有亲手替自己穿过一只袜子、系过一粒纽扣。妈妈不会赞成的。可这就是礼仪！

通过所谓的"王后阶梯"才能来到我的房间。首先进入的是我的警卫的卧室。

接着是前厅。它十分宽敞。许多贵族一整天都聚集在这里。规矩夫人喜欢在前厅的门口现身，宣布哪些人可以在何时进来问候我，或许还能一起玩牌。隔壁的房间是我的正式会客厅。我总是在侍女们的陪伴下在这里度过一天中的大部分时间。

之后进入的便是我的卧室了。现在，这是我最喜欢的房间，要是我能有更多的时间独自待在这里，没有贴身侍女以及其他像规矩夫人一样的女官陪伴，那就完美了。这里最棒的部分就是天花板。它出自著名法国画家布歇①之手，是一片漂亮的金色天空。一道矮矮的金色栏杆将床与房间的其他部分隔开。所有的

---

① 弗朗索瓦·布歇（Francois Boucher，1703—1770），法国画家、版画家和设计师，是一位将洛可可风格发挥到极致的画家。曾任法国美术院院长、皇家首席画师。出版过《千姿百态》画册。

王室子弟都是在这张床上诞生的，并且鉴于这些场合通常都被公众见证，而贵族们会被径直带进卧室，于是栏杆的作用就是确保只有医生和助产士才能待在床铺周围。栏杆上依然还有一条裂痕，那是最后一次王室成员诞生时人群挤压造成的。出生的是王太子最小的妹妹伊丽莎白，她现在只有六岁。他的另一个妹妹克洛蒂尔，今年十一岁。

我希望他们能让克洛蒂尔和伊丽莎白多来我的房间玩玩。我可以向她们展示所有我和媞媞玩过的游戏。我努力不去想媞媞。对她的思念令我悲伤。这些天来我试图将许多事情抛诸脑后。这么做很难，因为你越是想忘却，越是事与愿违！当然了，反正也没有时间思考。因此又有什么关系呢？

1770年5月26日

我被邀请前往国王的女儿、王太子姑妈的房间。她们三姐妹都尚未出嫁。她们全都没有结过婚。她们的名字是阿德莱德、维克托瓦尔和索菲。事实上，她们并不引人注目。老实说，索菲真的很丑，还有点儿冷酷。阿德莱德十分开朗，而可怜的维克托瓦尔却似乎对一切都胆战心惊。可是她们还是热忱地欢迎我来到她们的房间，邀请我加入牌局。整个晚上她们想方设法用尖酸刻薄的言辞评论杜巴利夫人。尽管她已被赐予了头衔，她们却拒绝称呼她伯爵夫人。可现在我才发现国王亲自给他的女儿们取了最令人作呕的绰号——破布，小猪和便宜货——我觉得她们以杜巴利夫人取代伯爵夫人来称呼她完全合乎情理。更何况她在遇见国王以前只是个女家庭教师。她们对我说了关于她的一切。她确实来自巴黎街头，国王把她嫁给了一名伯爵，于是她便可以顺理成章地进入宫廷。她的丈夫压根不在乎，因为显然拥有一个被国王所钟爱的妻子令他获益良多。我猜这就是凡尔赛所谓的礼仪。露露从未给我上过这些课。

1770年6月1日

这个星期我跟姑妈们玩了好几次牌。我不知道她们到底是想试探我的牌技还是找机会说杜巴利夫人的闲话。我觉得自己是一个好听众，而她们认为这很重要。可我在听的过程中也在观察。有一个可爱的年轻女子陪伴在侧。我第一次注意到了她。咋晚她加入了我们的牌局。她充满了智慧和魅力。她叫康庞夫人，她的工作是为三姐妹，尤其是维克托瓦尔公主读书。这是宫廷里的一个正式职位，她每日都会长时间地为她们朗读——诗歌、小说，以及诸如此类的东西。她进宫的时候还没有结婚，不过现在她已经成家了。我怀疑她是否年满二十岁。可我很喜欢她。我希望她能做我的朗读者。甚至，我希望她能取代规矩夫人成为我的女官。

1770年6月3日

日子千篇一律。我把自己做的每一件事都写信告诉妈妈。我长高了一些。服装师会给我一本书，上面画着我所有的衣服，我会挑选一款那天要穿的。内衣侍女身后是一个叫做"一日之计"的篮子，里面装着我要穿戴的亚麻制品——无袖紧身内衣、长袜和手帕。我的女官诺阿耶伯爵夫人，把水泼在我的手上，为我穿上亚麻内衣和贴身衣服。只有她被允许做这个。

我的穿衣仪式当着至少八名贴身侍女的面举行，她们各自根据礼仪递给我不同的衣服。在此之后，我会进行晨祷。我总是先为妈妈、伊丽莎白和父亲祈祷，接着为媞媞和露露祷告。我最后为路易·奥古斯特和国王陛下，以及路易的姑妈们祈祷。接着我会吃早餐，然后通常会去拜访姑妈们。国王总是在那里，残忍地取笑她们。

十一点我必须回到自己的房间盛装打扮，一名理发师会在那里等候，为这一天中即将迎来的更多公开场合打理我的头发。这至少要花两个小时。接着所有人会被传唤到我的卧室，与此同时一名内衣侍女会为我涂脂抹粉。男男女女齐聚一堂。这被认为是法国宫廷的娱乐之一。如果你是一名贵族，并且贿赂对了人，那么你就能观看一名王妃化妆和洗手。接下来男人离开，可是女人们留了下来，而我要将身上的晨间礼服换作午后穿的衣裙。我在所有人面前更衣！

接下来就是跟王太子和国王一起做弥撒了。然后参加午宴。结束后我会去路易·奥古斯特的房间。通常不会待超过一个小时。我试图让他加入谈话。昨天我甚至挖空心思说了些关于锁具的事。可他很少跟我说话。我不会放弃。我比他更强大。我知道。我要让他成为我的朋友。

又一个拜访姑妈们的下午。四点时神父会进来看看我在做什么。我会撒谎，并且不露一丝痕迹。五点歌唱和古钢琴老师过来为我上课。之后我要不休息，要不就散个步。我随行的侍女不得少于十人。七点我回到姑妈们的房间玩牌直到九点，然后我们去吃公众晚餐。如果国王和杜巴利单独吃饭（我已经不叫她夫人了。我真的受不了她。她太自鸣得意，还用极其不体面的举止炫耀她的胸部），我们就必须等到十一点，好正式向他道晚安。

1770年6月5日

我说服了一个贴身女仆偶尔把她四岁的女儿带来

我的房间。而王太子也问了他的第一贴身男仆是否允许他五岁的儿子前来拜访。我喜欢孩子。这两个孩子活泼极了。我好希望我把媞媞的机械剧院带来了这里。那一定会很有意思。他们十分喜欢炸肉排，乐于教它一些小把戏。我们有时候会去花园。这里的花园并没有被精心打理，这令我大吃一惊。许多池塘都干裂了，积满了泥泞的雨水，远不及美泉宫的园林漂亮。

1770年6月6日

今天康庞夫人拜访了我。我太喜欢她了！我问她是否愿意为我读书，她答应了。我觉得这个主意棒极了，因为在我离开维也纳以前，包括现在与妈妈的通信中，她一直要我多读好书。然而，我的所有读物必须得到神父的批准。

1770年6月8日

我几乎每晚都会见到杜巴利夫人。一周有好几次

音乐演奏会或是大型牌局。我离她远远的。除非我先
向她开口，否则礼仪不允许她跟我交谈。目前为止我
设法避免跟她接触，并且打算一直保持下去。诺阿耶
伯爵夫人头一次没有因为这件事训斥我。要是对象不
是杜巴利，她一定会责骂我没有致以最起码的问候，
好让对方有机会说："您适应这里的气候吗？"前提
是当天既没有太阳也没有下雨。要是下雨或是阳光充
足，那么台词就会变成："您觉得今天天气怎么样？"

1770年6月18日

上帝保佑康庞夫人。她给我看了一件十分不同
寻常的东西，而它确实是样珍宝。我的房间里有一道
通往其他宫室的秘密楼梯！可以只由我一人使用的房
间。借此我寻找到了些许私人时光。这些房间曾是由
玛丽亚·莱克辛斯卡王后设计和使用的。可所有人似
乎都忘了把这些告诉我。康庞夫人说他们是"故意"
忘记的，因为他们想让我不断出现在公众视野中。好
吧，够了。这些房间现在又陈旧又发霉，可要是它们

能被好好打扫、翻新，重新油漆，再配上新家具——噢，它们将变得多么赏心悦目。他们说凡尔赛宫廷有一千多扇窗户，而我感觉仿佛它们全都看着我，可是有了这几间私人房间，我终于能在一些时候逃离宫廷里可怕的注视了。我打算立刻跟路易·奥古斯特谈谈。

1770年6月20日

我真的很讨厌王太子的家庭教师，拉沃古翁公爵。他不可一世、神秘兮兮的，而且我敢肯定我在除了吃饭和其他规定时间要求见王太子的请求，他一律没有帮我送达。他同杜巴利十分亲近。在他们两人之间有一张间谍网络。我确信自己送去的消息遭到了窃听，信件被阅读。最近三天关于清理私人套房的事我一直设法想见王太子一面，可是他永远没空。如果在诸如席间或一间大沙龙打牌的时候说起这件事，会被视作无礼之举，而过去的几天路易·奥古斯特也不曾踏足他姑妈们的房间。我不知该如何是好。

1770年6月21日

上帝保佑康庞夫人。她是个智勇双全的女人。她跟我一样讨厌拉沃古翁公爵。她想出了一个绝妙的主意。一个星期有三个早晨我们被要求出席国王朝见，或者说是观看国王陛下起床。届时，包括国王的内外科医生、内阁大臣、御前大臣和主教在内，所有的王室成员将聚集一堂。其实国王为了方便，早已经在一个多小时前就起床了，可即便在厕所他也并不孤单。王室内科医生和厕所内侍陪伴在他的左右。可当我们抵达的时候，他已经回到了床上，并且放下了帘子。第一卧室男仆会走到床前，拉开帘子。大家在见到国王的同时开始鼓掌，好让他知道我们很高兴他没有在夜晚死去。接着各色贴身男仆走到床前向他展示他要穿的服装，然后假发师来到他面前，让他挑选当日的装扮。最后，他走下床，坐到窗边的一只巨大扶手椅上。第一卧室男仆会摘下他的睡帽。另一个替他脱掉拖鞋。如此一直进行下去。人们会争抢最佳视角。因为康庞夫人是其中一名卧室男仆的好朋友,她总是能得到一个好位置。她提议偷偷塞张纸条给王太子。你瞧,拉沃古翁公爵根本一眼都没看康庞夫人。他们总是盯着我或者王太子,而在起床仪式上国王则是关注的焦点。

希望这招能管用。

1770年6月22日

成功了!收到纸条后不到一个小时,王太子便喊我去了他的宫室。康庞夫人似乎犹嫌不足,于是在我离开前把首饰盒上的一把小锁塞在我的手里。这把锁是坏的,已经没法用了。她说我应该把它拿给路易,问问他能否把它修好。这真是个无与伦比的好主意,不过说实在的,我倒觉得不管怎样事情都会顺利的。由始至终我都没有把锁拿给他看。当路易·奥古斯特得知我已经给他写了那么多次信以后十分不安。他笨拙地用他那汗津津的大胖手握着我的,竟然对我说:

"亲爱的,我很抱歉。"那一刻我忘了他的青春痘和斗鸡眼。接着我把与我的宫室相连的私人房间的事告诉了他。他为没有人向他谈及过此事感到震惊。"我有专门研究锁具的锻造车间,在那里我可以逃离宫廷。你当然应该拥有一处私人空间。"他打算立即下令他们翻新房间。当他提到锻造车间的时候,我才想起了自己带来的那把锁。他十分高兴我把这个拿给他。

在讨论这把锁的过程中,我想起了康庞夫人,于是告诉他康庞夫人于我来说多么亲切,我多么希望她能成为我的侍女之一,可我无论如何都不想冒犯维克托瓦尔姑妈,因为康庞夫人在替她读书。路易说:"我会跟我的姑妈谈谈。我相信我们可以做些安排,亲爱的。"接着他倾身向前,考虑到当时房间里只有我们两个人,我真的以为他只是想吻我一下,就在这时他却突然抽身离开了。"那是什么?"他说。他的一对斗鸡眼眯缝了起来。刹那间他一下子从我们落座的靠椅上跳了起来,三步并作两步地穿过房间,猛地把门打开。拉沃古翁公爵跌了进来。"混蛋!"王太子咆哮。他勃然大怒,仿佛瞬间变成了一座燃烧着火焰的坚固塔楼。公爵正从地上爬起来。"我恳求您……我恳求您……"

"滚！滚！"路易·奥古斯特怒吼。

我能说什么呢？我很高兴能有这样的结局。王太子向我保证他明天就会派遣工匠，而王室布艺师会把壁挂和窗帘的样品拿给我看。我想用苹果绿丝绸做墙纸。并且我祈祷着或许康庞夫人能成为我的侍女之一。一切都变得越来越顺心了。我迫不及待地要在今晚给妈妈写信。我终于不用在信里向她撒谎了。

1770年6月25日

我担心维克托瓦尔不会答应让康庞夫人做我的侍女。国王的这几个女儿真是古怪透顶。索菲，长相丑陋的那个，总是被暴风雨吓得魂飞魄散。只要打雷下雨，特别护卫就会被派往她的宫室，一名内科医生必须用罂粟酊剂给她安神。还有阿德莱德，她傲慢自大，一副对人爱理不理的样子。最后，维克托瓦尔。一般她不听书的时候就祈祷。要是她没在祈祷，那就是在吃东西，要是不吃东西，一定就在演奏风笛。最重要的是，她的活动范围只有她的沙发。她不太喜欢挪地方。因此，她身材肥胖。可是人却很好。我爱维克托瓦尔。

1770年6月26日

王太子和我已经一起骑了两次马，不仅如此，他还带我去了他的锻造车间。今天当他埋头研究那把首饰盒上的小锁时，我安静地坐在一旁。与他共事的是王室锁匠和他的老师盖曼先生。同凡尔赛王宫的其他各处相比，这里十分与众不同。这里堆满了铁砧和又重又黑的铁器。到处都是锉刀、榔头、钥匙、齿轮换向器和螺栓。映入眼帘的这些东西，有一半的名字我都叫不出。路易·奥古斯特坐在一张高脚凳上。他的身体只占用了椅子的边缘部分。他穿着一条皮围裙，眯着眼睛研究这把锁的内部构造。这对我来说完全是一个陌生的世界。可我毫不在意，因为我觉得自己正蜕变为一名锁匠，或许通过我的耐心和勇气，我能打开路易·奥古斯特的心锁。

1770年7月2日

康庞夫人就要成为我的侍女了。我太兴奋了。维
克托利亚同意了我的请求，前提是我允许康庞夫人每
天上下午各抽一个小时的时间继续为她读书。我当然
很乐意。我感激涕零地问维克托瓦尔，她能否赏脸花
一个夜晚为我们举办一场风笛演奏会。她很高兴。阿
德莱德和索菲恶狠狠地瞪着我。

1770年7月5日

就在我以为万事大吉的时候，出事了。至少我
是这么想的。有可能是我听错了。我如此祈祷。我们
刚刚离开国王起床仪式，走进牛肉之眼沙龙。这个
名字很奇怪，不过国王是用房间一端的巨大椭圆形窗
户来命名的。当我从杜巴利的一个亲密朋友身边经
过的时候，我觉得自己听到了世界上最可怕的话语：

"L'Austrichienne." 这是一句十分粗俗的双关语，因为 "chienne" 这个词在法语中是"母狗"的意思。所以把它和奥地利放在一起，就是"奥地利狗"！

1770年7月7日

关于脏话的事我说对了。我没有听错。今天早上，舒瓦瑟尔公爵，妈妈的老朋友，国王的首席大臣，第一个提出让我和王太子联姻的人，在我化完妆以后没有马上离开。他告诉我宫廷中出现了抵触我的情绪。我不明白这是为什么。"政治。"他解释说。这实在太复杂了。他说有些人从一开始就不希望我们结婚。当王太子似乎对我不理不睬、这桩联姻貌似即将以失败告终的时候，他们曾一度满怀希望。现在他们发现我们在这两个星期一天天亲近起来，于是心烦意乱。这些人中有很大一部分都是杜巴利的朋友。杜巴利害怕我会对国王影响太大。舒瓦瑟尔自己就是杜巴利的死对头。他解释说他之所以撮合这段姻缘，唯一的原因就是为了法国的利益。他希望建立奥法联盟，以确保妈妈永远不会加入俄国势力，或是屈从于她的宿敌普鲁士腓特烈大帝。"怪物！"我惊呼，"绝不可能！"

舒瓦瑟尔亲口对我说他正处于极度的危险之中。国王对他并不满意，因为他知道舒瓦瑟尔对杜巴利夫人的看法。他说，事实上，我们两个或许都必须做些让步，好确保我们在宫里的地位。他说国王对我至今未跟杜巴利说话一事尤为不满。

"可是她那么粗俗，那么平凡无奇。妈妈不会赞成我跟这样一个女人说话的。"

舒瓦瑟尔的脸上出现了一抹笑意。"为了帝国的利益，她会让你跟她说话的。"

他的话让我目瞪口呆。

1770年7月11日

梅西伯爵，妈妈的大使，现在就在宫里。我常常都能见到他。我还没有决定是否直接问他关于杜巴利的问题，以及我是否应该跟她说话。他并没有提出这个问题。因此或许它并不像舒瓦瑟尔说的那么要紧。

1770年7月12日

眼下的形势在我的脑海中挥之不去。我已经就此给妈妈写了信。我告诉她，国王对我充满了善意。他正亲自为我的私人房间添置家具。可是我也对妈妈说，我发现他深深迷恋着杜巴利。国王赏赐了她那么多珠宝，她浑身上下披金戴银，连佩戴的地方都没有了。昨晚我在牌桌上注意到，她连鞋跟上都镶着红宝石！可我却无法忍受她。妈妈真的觉得我必须同她交谈吗？我问。

可现在我却开始为那封信担忧起来。宫里到处都是间谍。要把信截下来对某些人来说是件轻而易举的事。

谢天谢地我拥有了属于自己的避风港。现在我经常带着炸肉排来这儿，还有康庞夫人，要是她有时间的话。

1770年7月18日

格拉蒙特伯爵夫人是我的侍女之一，我们已经成为了很好的朋友。她是舒瓦瑟尔的亲戚，为人温柔宽厚。她一度是王太子的妹妹克洛蒂尔和伊丽莎白的家庭教师。小姑娘们经常来这里看她，我们会一起玩。我向伯爵夫人描述了媞媞的机械剧院，她觉得她可以为我们在巴黎找到一座一模一样的。那真是太棒了。

1770年7月20日

我今天加入了王室狩猎。真是太有意思了。骑术教练弗兰克男爵一定会大吃一惊。绝大多数时间我骑的不是马，而是一头驴。就这里的地势而言，它们跑得更好。我有时会尾随一辆马车。我经常兴高采烈地来到沿路村庄的孩子和老人中间。而诺阿耶伯爵夫人则总是对我气不打一处来。今天我把一罐饼干送给了一群脏兮兮的小孩。他们高兴坏了。伯爵夫人当时就站在那里，气得冒烟。我喜欢这么做！她对我从内衣侍女的篮子里直接取走长袜的举动都会感到不安，于是你可以想象当我把饼干放在孩子们邋遢的小手里时她会做何感想了——其中一个刚刚才挖过鼻子！这一刻正是我期盼已久的。

1770年7月23日

我的私人房间快要完工了。有了金色模型和墙上的苹果绿丝绸，真的好漂亮。阳光在屋里流淌。当我走进这些房间，我终于可以完完全全地做回自己。我回忆起了去年夏天。我想那或许是我一生中最快乐的时光。我想起那晚媞媞和我在喷泉中踩水，后来又有了妈妈的加入。他们说法国人无忧无虑，可我觉得这根本是个假象。他们根本不知道如何寻欢作乐。即便他们的喷泉水足够清澈，并且被精心维护，他们也绝对不会在月光下踩水。他们那愚蠢的礼仪不允许他们这么做。

1770年7月24日

我觉得规矩夫人总有一天会因为我的差错气死。就比如今天，我发现当我们在会客厅接待众人的时候，伯爵夫人一脸不安地站在入口处。她的身体在抽搐，并且不断向我使眼色。最后，康庞夫人在我耳边轻声说："您的垂饰，殿下。"原来她指的是我头饰上的两根蕾丝饰带。在接见贵族时它们本该被别住的，此刻却依然散落着。伯爵夫人的表情俨然是我的内裤落到了脚踝处。不，只不过是这些愚蠢的蕾丝垂到了我的耳际。我借口离开，让我的内衣侍女立即把它们钉好。她将会因为这个疏忽受到伯爵夫人的责骂。可是那多么愚蠢。在我看来，与此相比，当着客人的面跑出去整理垂饰显然更糟糕也更无礼。我蔑视这项礼仪。我觉得它既幼稚又愚蠢。

1770年8月1日

妈妈又给我下了一连串命令。在每一封信中，她都会写："你要努力做到满腹经纶。"而现在她则写说我应该离愚蠢的爱情小说远远的。这让我不由怀疑有人正向妈妈报告我的一举一动。我觉得这个人是梅西伯爵，因为他经常在这里出没。她还觉得我应该对凡尔赛宫廷中的奥地利人多加留意，以及我和维克托瓦尔、索菲、阿德莱德玩牌过于频繁了。她要我小心阿德莱德。她让我别骑那么多马。现在我问你，亲爱的日记，她是怎么知道这些事情的？一定有人在给她写信。唯一的可能就是梅西。可是，她却一字不提杜巴利。

1770年8月5日

今晚在我们的公众宴会上，我注意到国王的手抖得厉害。尽管从没有人直接谈论此事，我还是听到谣传，说他中风了。他已经快六十岁了。

1770年8月12日

我简直心乱如麻。格拉蒙特伯爵夫人，我最喜欢的侍女之一，竟然被赶出了宫。她被驱逐了！你瞧，她是杜巴利的劲敌，杜巴利恨她。有一晚在剧院看演出的时候，伯爵夫人没有迅速为杜巴利让道。杜巴利认为这是对她的侮辱，于是径直去找国王抱怨了一番。

格拉蒙特伯爵夫人美丽而优雅，杜巴利知道我很喜欢她。她还是舒瓦瑟尔的亲戚，因此可以想象杜巴利就是用这种方法来影响国王的。可是国王在没有第一时间告知我的情况下驱逐我的侍女，这种做法简直大错特错。路易·奥古斯特跟我一样心怀不安，因为他深知她对我有多么重要。路易·奥古斯特已经想出了一个举世无双的好办法。他觉得我们应该一起出面，同梅西伯爵谈谈眼下的局势。我觉得这个主意棒极了。我很高兴能同路易·奥古斯特以及法国大使在一个可以直抒己见的地方进行一场严肃的会面。我想，这完全是成年人解决问题的方式。

1770年8月15日

我们开了会。我为王太子感到骄傲。他用恰如其分的措辞完美地解释了一切。由于我们不希望被王太子的家庭教师拉沃古翁监视，于是谈话就在我最私密的房间里进行。梅西建议我直接去找国王陛下，礼貌地提醒他解雇王妃的侍女应该遵循的礼仪，因为他并没有事先通知我这一点确实是个错误。

1770年8月18日

成功了！我今天见了国王。起初我认为他不会同意。可是我使出了浑身解数。他喜欢女人摆弄自己的头发。因此我早已故意让我的发型师任由一缕长长的鬈发垂落在我的锁骨上。我开始用中指缠绕发丝。我开始略微有些呜咽。"可是，陛下，"我哀求道，"且不说出于仁慈和公正，请您想想如果服侍我的女人突然死于您的贬黜，蒙受驱逐之辱，我该多么痛苦。"这句话打动了他。他答应让格拉蒙特伯爵夫人即刻回宫。

1770年8月23日

今天是王太子的生日。他十六岁了。我为他

绣了一件背心。考虑到他硕大的体型，这件背心自然很大，于是着实费了一番功夫。刺绣的面积太大了。幸好有康庞夫人和格拉蒙特伯爵夫人的帮忙。我还同王室锁匠聊了聊，获得了一些工具。他告诉我王太子可以用这些东西研究锁具，他会喜欢这份礼物的。

今晚将举行生日晚宴。我一想到就觉得害怕。三百个人被邀请观看我们用餐。我真希望只有王太子和我，或许还有几个我们的好朋友能在我的宫室里举办一个小型晚宴。那该多么温馨。我们可以邀请维克托瓦尔和索菲。我猜还得加上阿德莱德，还有康庞夫人、韦尔蒙神父和格拉蒙特伯爵夫人。当然，还有孩子们——伊丽莎白、克洛蒂尔和两个经常来玩的小小孩。对了，我们会玩所有在美泉宫过生日时经常做的游戏：摸瞎子，把羽毛钉在鸡身上。这里没有一个人知道如何寻找乐趣。这里只有礼仪。我们的生活就是表演。从某种意义上来说，我们就像洋娃娃，被观察，被把玩——常常带着恶意和诡诈的意图——生活在一个虚假的世界中。

1770年8月27日

两天前的夜里我做了个噩梦。直到今天我依然回忆不起来具体梦见了什么，可我知道它十分可怕。还记得去年一月在霍夫堡皇宫从衣柜上掉下来摔碎了脑袋的洋娃娃吗？好吧，我梦见的就是这个。这一次，我在梦中听见了碎裂声，于是起床将碎片聚集在一处。就在我收集碎片的时候，我看见了娃娃的脸。它不再是平日里我见到的模样，要知道贝尔坦夫人的娃娃都长得一模一样，可眼前却是我的脸。随之而来我听见了可怕的大笑声，我转身去看谁在大笑，是杜巴利。那就是我能想起来的全部梦境。两天了，我依然觉得心神不安。

1770年8月28日

我决定以我自己的方式为王太子举办一场生日派对。我最后想，何不来一场私密的小型晚宴，邀请所有我们俩都喜欢的人参加呢？接着我有了一个更好的主意。为什么不把它办成一次美妙的野餐，就像我们在美泉宫时那样呢？我觉得地点应该选在小树林，因为那里是整座花园以及凡尔赛宫户外最私密的地方。小树林里有十几条小径，微风拂过灌木丛、天然水池和瀑布。那里有同室外居室别无二致的露天空地，用来野餐简直太完美了。

1770年8月30日

路易·奥古斯特对我为他准备的派对喜欢极了。他简直大吃一惊。我和他的贴身男仆以及第一侍从武官商定，他们下午晚些时候找借口骑马来到树林。当他发现我们都在，还有一桌子的食物、精美的糕点、美酒和香槟时，想象一下他吃惊的模样吧。可我觉得最让他高兴的是我向他展示在美泉宫时我们是如何将挂毯直接铺在地上，坐在上面吃东西。他觉得这是世界上最不可思议的事。他一直称此为一项"发明"，仿佛它是某种诸如望远镜或是精美的钟表又或是一种新型锁具之类的庞然大物。后来，当我脱下鞋袜，宣布我要去溪流踩水玩的时候，他惊得目瞪口呆。这是他闻所未闻的！你能想象吗？我教他怎么玩。他用充满敬意的眼神看着我，就好像我看着弗兰克男爵骑马表演高难度跳跃动作时流露的眼神一样。于是我不得不反复说："只是踩水而已，路易，只是踩水。"

看来，我得教教这个法国男人怎样才能玩得高兴。

1770年8月31日

国王今天突发中风。他们说是炎热的天气，再加上他打猎时过度紧张的缘故。可实际上并没有那么热。

1770年9月4日

我为王太子举办的私人生日派对已经不再是个秘密了。传言纷纷，毫无疑问，许多人因为没有被邀请而充满了嫉妒。可是话说回来，他们也不会接受坐在地上吃东西和踩水玩这样的侮辱。所有人都下了水，只有诺阿耶伯爵夫人和阿德莱德例外。我被迫邀请了伯爵夫人。就连维克托瓦尔和索菲也加入了踩水的行列。

1770年9月6日

今晚举行了盛大的牌局，那意味着有几百人参加。杜巴利找准了时机，径直向我迎面走来。我不想跟她说话。于是我对她视若无睹，仿佛她就是块窗玻璃。

1770年9月10日

原来这座拥有无懈可击的规矩和礼仪的宫廷会以用他们所憎恨之人来编造下流的打油诗的方式取乐。诺阿耶伯爵夫人曾设法保护我，可是我还是听到了只言片语，并且最终命令我的内衣侍女对我和盘托

出。就是下面这首诗。完全出自杜巴利和她的追随者
之手。

　　她的眼睛是蓝色的，
　　她有灰金色的头发。
　　她的嘴是粉色的，
　　冒着酸白菜和肝泥香肠的臭气。
　　这条奥地利狗真的被诅咒了。

　　香塔尔，我的内衣侍女，惴惴不安。她差点就哭
了。后来她对我说："殿下，您为什么不自己写一首
关于杜巴利夫人的打油诗？我敢肯定有了别人的帮忙
您一定可以以牙还牙！"
　　"我可以这么做，可是我不会这么做，"我回答，
"我不应该堕落到跟杜巴利夫人一样的档次。绝不！"
个子娇小的香塔尔用她那闪烁的黑色眼眸看着我，
说："您是真正的淑女，殿下。一个真正的淑女！"
　　我意识到香塔尔的这些话同国王赏赐给我的珠宝
一样珍贵。得到仆人的喜爱，得到仆人的敬重，象征

着真正的高贵。我觉得妈妈今天会为我感到自豪。

1770年9月12日

可怜的诺阿耶伯爵夫人。我知道，亲爱的日记，你一定没想到有朝一日我竟会同情这位规矩夫人。可是今天上午她冲进了我的私人房间，她泪流满面，一脸伤心欲绝。她刚刚得知我让香塔尔向我复述了那首令人作呕的打油诗。她一把抱住我，唤我："我的小可怜！我的小可怜！①我可怜的孩子！我可怜的孩子！"她接着说这只是些单词，而只有像杜巴利这样的女人才会说出这样的话，允许她的侍女或愚蠢的爱慕者编造这样的打油诗。

接着她又对我说香塔尔告诉她我拒绝用同样的方式报复杜巴利，她说我是位真正的淑女，她现在才明白，我身上具备一种独特的礼仪！正如她所说，"生就的本性，总会显露"。这是伯爵夫人第一次对我表现出人性的一面。

————————————
① 原文为法语。

今天我和王太子一起在锻造车间共事。他告诉我该如何清理某种锁具机芯上的油污。我并不觉得这项工作有趣。同路易·奥古斯特并肩坐在长椅上聊天会更有意思。他告诉我，他之所以喜欢锁具，是因为它们是你可以破解的谜题。这个世界上有太多令人费解的事。接着他说了一些非比寻常的话："在你来这里之前，亲爱的，我从未细想过宫廷和它的意义。现在我厌恶它。"我被震惊了。我热泪盈眶。接着他语速极快地说："不，不，亲爱的图瓦奈特，别误会我的意思。这座宫廷充满了虚伪，那就是我为何这么多年摆弄锁具或是外出打猎的原因。可是，在此之前我从来没有意识到我是在逃离，直到你的出现。你帮助我看清了宫廷的真面目。我发现你是那么甜美和率真，举止大方。你发自内心地想要了解一个人，并且在此过程中，给予那人敬重。可是在你来到这里以前我压根没有意识到这一切，而现在你出现了，让我周遭的一切变得如此剔透，我不喜欢我所看见的。"

　　我目瞪口呆的同时对他的一席话感激涕零。尽管它们令人不安，因为没有一个人愿意成为别人不幸或痛苦的缘由。他滔滔不绝地说了一些关于杜巴利的事，以及他如何讨厌她，可是与此同时他又对他的姑妈、她们的谗言不胜其烦。他告诉我阿德莱德最坏，即便当着他的面，她也总是谈论他的粉刺。接着他脱口而出："图瓦奈特，我的粉刺真可怕。我真希望它们消失。"我在开口前思忖了一会儿，而他一定留意到了，因为我在思考的时候习惯咬自己的下唇，可是我只是担心自己过于冒失。

　　"怎么了？"他恳求道。最后，我终于说："路易，想要摆脱粉刺，你必须喝驴奶，并且晚上用薰衣草水洗脸，涂抹用牛膝草油混合樟脑及丁香做的药膏。"他感激不尽，立即叫来了他的药剂师。

　　　　　　　　　　　　　　　　　1770年9月17日

　　路易·奥古斯特和我每天相处的时间越来越多，

要不在他的锻造车间，要不就在我的私人房间。我看得出来，这让他的家庭教师十分恼怒，因为无论在哪里，他都无法轻易偷听我们说话。他真是个讨厌鬼。

1770年9月20日

我注意到王太子的肤色已经有了改善。我们都十分高兴。现在要是他能瘦一些就更好了。可路易真的很爱吃。

1770年9月25日

我忧心忡忡。诺阿耶伯爵夫人被国王私下叫走了。我敢肯定这一定同我对杜巴利的态度有关。我不愿让伯爵夫人替我受过。国王为何不召见我？

我跟姑妈们一起玩了牌。自从路易告诉我他多么厌倦她们的谗言以后，我也有了同样的感觉。她们对人从来没有好话。我不禁好奇，不知当她们中的一个离开这间屋子，其余两人会对她做何种评论。

1770年9月26日

好吧，我说对了。国王召见诺阿耶伯爵夫人，就是为了责难我对待杜巴利的态度。他说不能接受我的行为，原话是："对亲密的家庭生活产生了不良影响。"毫无疑问，这真是荒唐至极，因为除了他，王室中的每个人都不喜欢杜巴利。

1770年9月27日

没多久便传言纷纷。姑妈们全都知道了伯爵夫人同国王的会面。她们立刻邀请我去她们的宫室。她们有一长串建议。她们不希望我屈服于国王。又矮又胖的阿德莱德伸长了脖子。"这是一种不忠的行为，"她热切地说，"你绝不能跟杜巴利说话。别受愚弄，玛丽·安托瓦内特，她对你的恨意等同于我们对她的。宫里还流传着另一首下流的打油诗。"

诺阿耶伯爵夫人几近抓狂。"阿德莱德公主，有必要吗？为了孩子的安宁，恳求您。"阿德莱德争辩：
"哼。王妃不是孩子。"我感到晕眩。我不知道自己到
底是谁。我是个孩子吗？对路易·奥古斯特来说，我
是个妻子，可是更像是他的朋友。我是个女人吗？我
是个……我究竟是什么？我觉得有时候自己只是一件
碰巧长得像人却被每个人用来达到目的的工具。我不
知道该如何是好。

1770年9月28日

最近凡尔赛宫里的气味难闻极了。我想这是因为
炎热又潮湿的反常天气。今天正当我和我的护卫以及
侍女们一起前往国王起床仪式的时候，我们转过镜厅
前的一个拐角，看见一个男人背对我们站在那里。我
们能听见他在尿尿！可是没有人阻止和训斥他，反而
匆匆走过，好像我们不应该听到或看见任何事。这正
是凡尔赛宫的虚伪所在。要是我忘记钉住我的垂饰就
会被认为是一项极大的过错，可是他们跟一个在宫里
的大理石地板上撒尿的男人迎面而过却不觉得受到了

冒犯。

1770年10月5日

诺阿耶伯爵夫人跟我生气了。我拒绝穿戴僵硬的鲸骨胸衣，要知道这可是眼下最流行的。它真的很不舒服，而且我近来常常胃疼。

1770年10月10日

我听到有谣言说杜巴利提出要更大的私人宫室，而国王批准了。

1770年10月11日

梅西伯爵今天拜访了我。从他在客厅向我迈出第一步时额头上深深的皱纹，我就知道他要向我传达一些令人不快或难办的事情。他要求与我单独会面。于是我带他去了我的私人房间，只有康庞夫人和诺阿耶伯爵夫人在场。他递给我一封妈妈最信任的顾问，考尼茨亲王写的信。信封已经被打开了，因为这是写给梅西伯爵的。信中说向国王视作亲信的人无礼是一种有辱人格的行为，必须尊重在位君王的选择。这或许就是妈妈要说的话，她只是让考尼茨代劳罢了。我装出一副漫不经心的样子。"是的，是的，如果有需要的话，我当然会跟这个贱妇说话。"可是在我内心深处，我知道自己不会这么做。没有人可以强迫我。

1770年10月14日

显然，考尼茨来信的消息泄露了。现在无论我去哪儿，不管是在宫廷剧院看表演还是在娱乐室打牌，抑或是在国王宫室吃晚饭的时候，没有一个人会挡在我跟杜巴利之间。朝臣们分散到两侧，在道路的尽头我看见那个抹着厚厚的红嘴唇，鬓发油光发亮的身影。我看着那些嘴唇摆出假笑，接着当我拒绝正眼看她、沉默着径直从她身边走过的时候，我看见它们开始颤抖。

1770年10月15日

　　"只是几句客气话，殿下。如此而已。"这话梅西
一天要对我说上二十遍。

　　"要是你胆敢跟那个水性杨花的女人说话，你在
这里将成为一个不受欢迎的人。"阿德莱德恐吓我，
维克托瓦尔则窝在沙发上，哇啦哇啦地吹着风笛，仿
佛在为阿德莱德助威。索菲姑妈像一只不安的兔子似
的用眼角的余光斜睨着我。

　　"做你想做的，亲爱的图瓦奈特。"王太子说。

　　而诺阿耶夫人却紧闭双眼，浑身哆嗦。

1770年11月5日

　　过去三个星期我病得厉害。我的胃已经不舒服
了一段时间，有一晚跟维克托瓦尔、索菲和阿德莱德
坐在牌桌上时，我突然不行了，差点晕倒。药剂师赶
了过来，还有国王的内外科医生，再加上我自己的医

生。他们给我放了两次血。可是，这里外科医生的医术不及维也纳，他们在放血的时候弄伤了我的左脚和脚踝。从踝骨开始我的整只脚都擦破了。因为生病，我的生日不知不觉地过去了。可我现在已经十五岁了。

1770年11月7日

今天当我躺在病床上的时候，梅西伯爵要求见我。陪着他一起来的还有韦尔蒙神父。看到他们的样子，我大吃一惊。憔悴消瘦，两鬓苍苍，我觉得他们也病了。

他们开门见山。杜巴利夫人勃然大怒。他们怀疑我的病或许是中毒引起的！他们告诉我奥法联盟正面临危机，我母亲极度不安。梅西伯爵由于没能让我跟杜巴利说话已经受到了国王的责骂——他们把这个留到了最后——现在已经谈到了离婚！我会颜面扫地地被送回维也纳。

我知道没有别的办法了。于是我对他们说我不再拒绝跟她交谈，可是我不同意在某一天的某一个特定时刻这么做。这似乎让伯爵和神父放下心来。他们会直接去找国王。幸运的是，由于我的病和脚上严重的擦伤，我终于有借口可以几天不用出席公开活动了。

1770年11月15日

当我躺在床上的时候，窗外雪花飞舞。这让我想起了媞媞。噢，我好想她。我们坐在漆成亮红色的雪橇上从林间斜坡上呼啸而下的情景恍如昨日。我们还尝过雪的滋味！今天上午当王太子来看我的时候，我大声说了出来。只是情不自禁罢了。他吃惊地转向我，我对他说了我们的雪橇派对，我们有时候还会带上一种特殊的蜜糖浆，把它倒在白雪上。雪和糖浆会混在一起，然后我们就吃。路易·奥古斯特的小眼睛因为吃惊而瞪得老大。可我也一样。"路易，你在孩提时代从来没有玩过吗？"我问。他只是摇了摇头。

我不禁想道，要是路易·奥古斯特和我生在普通人家，我们会多么快乐。一个平凡的男孩和一个普普通通的女孩。我想象我们住在一个小农场里，那里养着许多动物，或许还有一片延伸至树林边缘的牧场，我们会在林中挖野生芦笋。

1770年11月17日

今晚我回顾了以前的日记，想看看一年前的今天我在干什么。当时伊丽莎白和我正在她的宫室里喝热巧克力。那个温馨的世界于我而言变得多么遥远！看看现在的我吧。我浑身无力，感觉自己像只小猫一样虚弱不堪，而这个可怕的女士正在强迫我屈从于她的意志。

1770年11月26日

我又旧病复发了。为了防止有人下毒，国王把他身边的两个试食侍从派来试吃我的食物，他一定担心坏了。现在我的另一只脚也因为放血而受了伤。

1770年11月27日

凡尔赛宫的花坛和园林一片银装素裹。喷泉里积满了雪，雕像们的脑袋上覆盖着白雪做的帽子。在我的一再坚持下，自生病以来，我今天第一次出门。我再也受不了被关在屋里的日子了。我被安置在一台轿子上。轿子上可以容纳两个人，于是路易·奥古斯特将与我同行，可是加上王太子的分量，轿夫们简直不堪重负，尤其还要在雪地中行走。你知道那个亲爱的男孩做了什么？他徒步行走在轿旁。今天散步的时候，我得知了另一件关于路易的事，他从来没有听说过也没有做过雪球，我简直惊呆了。于是我命令轿夫们落轿。尽管所有人都不住地劝阻，好像我是个疯子，我还是走下了轿子。我弯下腰，抓了一把雪，将它紧紧地团成一团，就像费迪南德和我在霍夫堡皇宫玩的那样。我瞄准了一个雕像，用力砸了过去！王太子吓呆了。他不敢相信自己的眼睛。于是我又做了一次。他的兴奋之情溢于言表，接着用略有些笨拙的舞姿在雪地上跺起脚来，一边对着天空大喊："我拥有世界上最好的妻子！她是全世界最多才多艺，最美丽的生灵。"我笑得太用力，以至于半边身子都痛了。我不停地说："路易，路易，就连四岁的孩子都会做雪球，扔雪球。"我答应他，等我身体复原一些，我们要打一场雪仗。

1770年12月3日

今晚王太子心烦意乱地来到我的官室。他刚刚听说国王已经赶走了舒瓦瑟尔公爵。这是个坏消息。公爵可是我们最强大的盟友。王太子居然啜泣了起来。我觉得他都快哭了。我说："振作起来，路易·奥古斯特。这是愚蠢的行为。"可是他说他现在害怕他们会把我也赶走。他们可能终究会让我们离婚。"噢，真的会那么糟吗？"我可以回霍夫堡皇宫，可以去美泉宫消夏。我可以回到无尽的童年。我不得不承认，这些念头在我的心里一闪而过。可是我看见了可怜的路易·奥古斯特的脸，于是我想，我怎么可以那么自私？我让他冷静下来。我们会渡过难关的。

1770年12月4日

　　昨晚我做了个光怪陆离的梦。虽然古怪，却也很奇妙。我独自一人穿行在凡尔赛宫的长廊中。我走进了镜厅，在一面镜子中我看到了凯旋门，那是美泉宫里妈妈的漂亮小屋。我走向镜子，玻璃仿佛变得柔软而朦胧，我径直走入镜中。我赤裸着双足站在美泉宫的草坪上。媞媞在那儿，还有伊丽莎白、费迪南德和小弗兰茨。他们都在玩。我心想或许那晚他们正在彩排一出戏或是要在舞会上表演的节目。我向他们走去，说："我回来了。"可大家似乎都没有听见我的声音。他们对我视若无睹。"我回来了。我想玩。我能扮演什么角色？"还是没人理我。于是我走向伊丽莎白，拉住她的袖子。这一次她转过身，看着我，透过面纱向我微笑。接着我内心深处有一个声音令我撩起她的面纱。伊丽莎白的脸美极了。连一个凹痕都没有。这个梦难道还不够奇怪吗？可是为什么没有人认出我？我醒来的时候心中悲喜交加，仿佛我真的在短短的一瞬间去了美泉宫。

1770年12月8日

今晚我第一次出席了一场演出，接着又去了游戏室赌钱和玩牌。到底要不要跟杜巴利说话，我应该做个决定了。

1770年12月9日

我没有跟杜巴利说话。每个人都期待着我向她开口，而我已经决定遵从自己内心的选择，给众人来个措手不及。无论如何，我会跟她说话的。

1771年1月1日

亲爱的日记：现在已经很晚了，可是，没错，我终于跟她说话了。是在小舞会上。我知道自己今晚会行动，于是故意没有佩戴任何珠宝。我想要跟浑身上下珠光宝气的杜巴利形成鲜明的对比。我身着

最简单的礼服，可是它却能完美地衬托我的身高和
体型。有两次人们故意为我让道，好让我靠近杜巴
利，可是我一次机会都没有利用。我看得出来，杜
巴利怒火中烧。可是，就在人们为我制造第二次机
会后没多久，就在乐师们准备演奏下一支舞曲之
前，有几个人正在舞池中漫无目的地乱转。我设法
悄悄来到杜巴利的面前。所有人都对我的出现大
吃一惊。我直视着她，说："今天凡尔赛宫里的人
真多。"

我该如何形容从她脸上转瞬而逝的表情呢？起初
她像是因为太过吃惊，根本没有听见我说了什么。接
下来想起这几个月来发生的种种，她的脸上堆满了
得意扬扬的假笑。她的眼神严厉，其明亮程度绝不
亚于她颈上的钻石。可是突然间，我在那炯炯的眼神
中发现了一丝异常，我马上就明白那是什么了。你
瞧，杜巴利知道自己赢了这一场战斗，可是除却这瞬
间的辉煌以外，这一切究竟意味着什么呢？是的，我
在国王的逼迫下跟她说话。可是国王老了。他中风
发作。他或许将不久于人世，因此杜巴利的胜利简

直不值一提——就跟她本人一样。而当我站在那里的时候，我看着她眼眸中这奇怪的光亮越发黯淡了下去。

房间里弥漫着诡异的静默。你瞧，亲爱的日记，胜利者眼中的光芒慢慢消失了，相反，我却成了一个明亮而闪耀的女人。我不需要珠宝。一个愚蠢的姑娘或许需要珠宝，可我已经不是小姑娘了。过去的这些年我学到了很多——不仅仅是如何跳舞和打牌。你还记得吗，日记？从前，我是如何抗拒妈妈把她的想法灌输给我，或者说"侵袭我的天性"？后来我又是如何怀疑自己所谓的天性究竟为何？好吧，现在我懂了。当我站在杜巴利面前，我不需要王冠，因为我本就华丽。杜巴利心知肚明。她知道她的胜利转瞬即逝，而我，玛丽·安托瓦内特，将成为百年一见的王后。

想 知 道 更 多

尾 声

玛丽·安托瓦内特确实成了法国最耀眼的王后，同时也是最富有悲剧色彩的。在她来到凡尔赛宫廷四年后，国王路易十五于 1774 年 5 月 10 日去世了。当时玛丽·安托瓦内特正独自待在房间里，得知这一噩耗以后她哭了："国王陛下死了！国王万岁！"她的丈夫路易·奥古斯特将成为新国王路易十六。

对这位新国王和他那美丽、活泼的年轻妻子的前景，人们喜闻乐见。毫无疑问，当时的她激动不已，对她来说，她已经完成了使命，于是她给她的母亲玛丽亚·特蕾莎皇后写信说："尽管命由天定，可我还是惊异于上帝的眷顾，感恩上帝选择了我，您最小的孩子，成为欧洲最强大国家的王后。"

玛丽·安托瓦内特和路易十六数年来都没有子嗣。1778年12月8日晚，一百五十多人闯进玛丽·安托瓦内特的寝宫，只隔着一道金色栏杆，目睹她生下了她和路易·奥古斯特的第一个孩子。这是一个女孩，以她母亲皇后殿下的名字命名，取名玛丽·特蕾泽公主。寝宫里的旁观者举止十分可怕，于是很快，被康庞夫人称作"残忍礼仪"的见证王室成员诞生的活动便被废止了。相比之下，他们的第二个孩子则是在更为安宁的环境中诞生的，只有少数几个人在场，迎接小王太子、众人心目中未来的法国国王的到来。

然而，事与愿违。早在他们的四个孩子陆续诞生以前，玛丽·安托瓦内特和路易·奥古斯特的悲剧便已拉开了序幕。玛丽·安托瓦内特是个慈祥的好母亲，可她对如何统治国家一窍不通，她的丈夫也一样。她热爱派对和奢侈的生活。由于挥霍无度，她很快就获得了"赤字夫人"的绰号。她变得沉溺于赌博。与此同时，法国人民的处境则每况愈下，饥荒遍野，还爆发了严重的财政危机，可是玛丽·安托瓦内特和她的丈夫躲在奢华的凡尔赛宫，对这些问题置若罔闻。

怨恨滋长。宫廷贵族们希望一切都不要改变。他们热爱奢侈的生活、高级时装，以及无尽的派对。玛丽·安托瓦内特从未停止过花费。她喜欢技艺精湛的法国工匠制作的精美玩意，更别提追逐时尚了。这一切直接导致了可怕的危机，终于，在1789年，法国人民的愤怒引爆了革命。国王、玛丽·安托瓦内特和他们的孩子被送去了一座小宫殿软禁起来，最后在1792年8月被关进当普尔监狱。直到此时，国王夫妇才意识到问题的严重性。他们在绝望中想要不惜一切代价重建法国的和平与秩序，可为时已晚。

很快他们便意识到自己的生命危在旦夕。1791年6月，他们曾策划过一次出逃。然而，行动以失败告终。1792年，奥地利入侵法国，企图阻止革命，并恢复这对夫妇的自由和统治，然而却被法军击败。

八月，革命领袖宣布玛丽·安托瓦内特和路易·奥古斯特失去统治权。很快他们便迎来了悲惨的结局。十二月，路易·奥古斯特因叛国罪受审，并被宣判有罪。他于 1793 年 1 月 21 日被斩首示众。刽子手使用了一种由一名叫做约瑟夫—伊格纳茨·吉约坦的巴黎医生发明的新装置。断头台的特点是一把沉重的刀刃，它直接落在受刑人的脖子上，切下其头颅。

几个月后，10 月 16 日早晨，一个身着破烂的黑色衣裙、憔悴而疲倦的女人被领出了她的囚室。她是 280 号犯人，也被叫做"寡妇卡佩"，这是革命者为她取的名字。她的另一个名字是玛丽·安托瓦内特，也叫安东尼娅，她被送上一辆普通犯人使用的马车。接着，马车穿过嘲弄她的民众，来到一处刑场，等待着她的是断头台。玛丽·安托瓦内特十分镇定。她最后一句话是对刽子手说的，因为她不小心踩到了他的脚。"对不起，先生，我不是故意的。"

几分钟后，刀刃落下，人们欢呼起来。

从 1793 年 9 月到 1794 年 7 月，跟玛丽·安托瓦内特一样被执行死刑的还有其余一万五千名"革命的敌人"，这段时期被称为"恐怖统治"。

最著名的革命家之一是位名叫马克西米兰·罗伯

斯庇尔的律师。在国王和王后被执行死刑后，革命领袖们努力传播他们自由平等的理念，希望征服欧洲的其他国家。

担任法国军队指挥官的是拿破仑·波拿巴，他于1799年宣布自己为新的法国统治者。

玛丽·安托瓦内特和路易·奥古斯特一共有四个孩子。索菲·比阿特丽斯死于襁褓之中。他们的长子路易·约瑟夫，新王太子，是个体弱多病的孩子，在他父母被处死前四年死于肺结核。剩下的两个孩子，玛丽·特蕾泽和路易·查尔斯，在他们的母亲被处于死刑之前跟她关在一起。母亲死后，玛丽·特蕾泽被送到奥地利，以此来交换法国战俘。她最后嫁给了她叔叔的儿子，安古兰公爵。路易·查尔斯在他父母死后又被关了两年，最后死在关押他和母亲的囚室中。

1769 年奥地利—法国的生活
历史背景

玛丽·安托瓦内特出生的十八世纪是个急剧变化的时代。这是个令君主们以及陈旧的统治方式日益不安的时代。民主、平等和独立这崭新又激动人心的思潮崭露头角。

当时的美国，十三个殖民地正在反抗英国统治。他们将自己视为独立的国家，而不是英国的税源。当美国革命爆发、莱克星顿和康科德战役的第一枪打响的时候，世界各地渴望独立、受到压迫的人们似乎都听到了这个声音，于是有人说"枪声传遍了全世界"。而当时正在愚蠢的贵族统治之下苦苦挣扎的法国人民尤其如此。

世界已为迎接这些新思想做好了准备，于是它们很快便深入人心。轮船跑得更快了，更好的导航技术出现了。要知道，在十八世纪前半叶，轮船根本无法精确判断它们的经度，并且由于船只无法预测着陆时间，海难频频发生。有了英国人约翰·哈里森于1764年发明的完美的航海经线仪，航海家们随时都能在海上精确定位。詹姆斯·库克船长在三次历史性的航行中，探索了许多前任从未涉足的地球角落。他的发现和探测从南极洲延伸至白令海峡，从夏威夷到澳大利亚再到新西兰。于是，开辟了一个新世界、一片新大陆以及此前不为人知的海洋。

它同时也是艺术发扬光大的时期。这一时期的艺术作品给人留下了极为深刻的印象，风格宏大，在很多方面其轻浮之气不亚于玛丽·安托瓦内特和路易·奥古斯特所生活的年代。因此，当时镀金工艺、装饰家具以及精致的瓷器被广泛运用。而凡尔赛在这方面起到了示范作用。小到一只墨水瓶或是一把椅子，没有一样东西是不经修饰的。玛丽·安托瓦内特甚至下令将她心爱小狗的头像刻在她的椅子扶手上。

在这一时期也出现了许多伟大的画家和工匠，例如法国人安东尼·华托，英国人托马斯·盖恩斯伯勒，他俩都以擅长漂亮的风景画而闻名。当然，一些伟大的音乐家和作曲家也生活在这个世纪，比如沃尔夫冈·阿玛德乌斯·莫扎特、弗朗茨·约瑟夫·海顿等作曲家。著名的德国作曲家乔治·弗里德里希·亨德尔谱写歌剧，他最著名的作品是《弥赛亚》。可是，音乐、家具摆设和绘画毫无疑问都是富人的专利。穷人连一张音乐会或歌剧票都买不起，更不用说一把漂亮的镀金椅子了。

毫无疑问，玛丽·安托瓦内特醉心艺术，在装点她的宫室上挥霍的钱财并不比她在衣服上的花费少。

来自霍夫堡皇宫的玛丽·安托瓦内特和来自波旁王朝的路易·奥古斯特的婚姻被认为对欧洲的稳定具有至关重要的影响，因为十八世纪的大部分时间，欧洲的许多国家都处于战乱之中。当时的三大强国分别为奥地利、法国和普鲁士。一旦有一个国家势力过于强大，就会威胁到整个欧洲的平衡格局。在欧洲北部，瑞典和俄罗斯为争夺对波罗的海沿岸诸国的控制权展开了一场权力斗争。

由玛丽·安托瓦内特的母亲统治的神圣罗马帝国其实只是由欧洲中部的几个小国所组成的。每个小国都有自己的国君，有时候称其为选帝侯，然而最高统治者则是皇帝或者皇后。

从十世纪开始，哈布斯堡王朝，即玛丽·安托瓦内特的家族被等同于神圣罗马帝国和奥地利。十一世纪，他们成为一个世界强国。他们的名字哈布斯堡来自一座1020年建于法国斯特拉斯堡附近名为鹰堡的城堡。

哈布斯堡王朝有两个分支——西班牙和奥地利。通过各分支间以及与欧洲各国王子和公主间的联姻，王朝在十六世纪末以前达到了其权力顶峰。

1774年法国局势从许多方面来看都是独一无二的。当玛丽·安托瓦内特和路易·奥古斯特登上王位，他们没有制造最终将摧毁他们的问题；他们只是继承了这些弊病，并且显然让情况变得更加糟糕。可是他们不应该背负所有的罪责。与其他王室相比，对他们的教育十分缺乏。好比生活在十六世纪的伊丽莎白一世，尽管人们从未料到她会登上女王的宝座，却得到了严格的教育。她同时严于律己，知道如何巧妙地在个人趣味和基于统治需要的锦衣华服间寻找平衡。玛丽·安托瓦内特以她的母亲玛丽亚·特蕾莎为榜样，可是尽管她的母亲在许多方面都充满智慧，并且给予女儿许多启发，她对女儿的关注却为时过晚，或许她也低估了要成为法国的统治者，她年轻的女儿该做何种准备。玛丽·安托瓦内特显然缺乏政治技巧以及她母亲的勤勉，可是如果她结婚的时候更年长，并且得到了更好的教育，她应该会成为一个更好的王后。

路易·奥古斯特也一样准备不足。除了轻佻的宫廷生活以外，他一无所有。他登上王位的时候，教育程度极低。结婚的时候，他们俩还都是孩子，一直过着幽闭的日子。除了宫廷生活，他们对外部世界一无所知。他们的精神世界贫瘠，可是却对物质世界了如指掌——衣服、家具、绘画、装饰品、陶瓷，还有诸如打猎、赌博的运动和娱乐。

他们的生活被对王室来说不可或缺的荒唐礼仪和规矩掌控，可这只让他们离生活的真实意义和对国家的统治越来越远。这种情况在法国一直持续了整整两个世纪。他们每天要做的最重要的决定就是应该穿什么。在路易·奥古斯特的曾祖父路易十四的时代，仪式和礼仪更多。据说比起国务大臣，玛丽·安托瓦内特对裁缝贝坦夫人的话听得更仔细，后者对她产生的影响也更大。在玛丽·安托瓦内特统治时期，发型变得纷繁复杂，风景画中的场景出现在女士们高耸的假发间，女人们不得不弯腰进入马车和房间。时尚潮流变得荒唐可笑，可人们却饿死在法国街头。

这在历史上真是一段奇怪的时期。

哈布斯堡—波旁王朝家族图谱

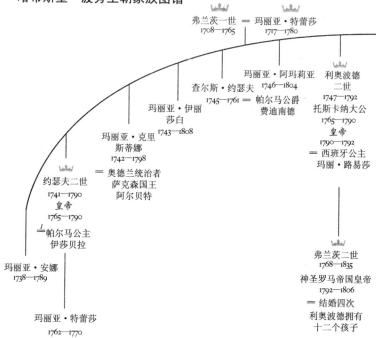

弗兰茨一世　＝　玛丽亚·特蕾莎
1708—1765　　　1717—1780

利奥波德
二世
1747—1792
托斯卡纳大公
1765—1790
皇帝
1790—1792
＝ 西班牙公主
玛丽·路易莎

玛丽亚·阿玛莉亚 1746—1804
查尔斯·约瑟夫
1745—1761 ＝ 帕尔马公爵
费迪南德

玛丽亚·伊丽
莎白
1743—1808

玛丽亚·克里
斯蒂娜
1742—1798
＝ 奥德兰统治者
萨克森国王
阿尔贝特

约瑟夫二世
1741—1790
皇帝
1765—1790
1
＝ 帕尔马公主
伊莎贝拉

玛丽亚·安娜
1738—1789

玛丽亚·特蕾莎
1762—1770

2
＝ 巴伐利亚公主
玛丽亚·约瑟法

弗兰茨二世
1768—1835
神圣罗马帝国皇帝
1792—1806
＝ 结婚四次
利奥波德拥有
十二个孩子

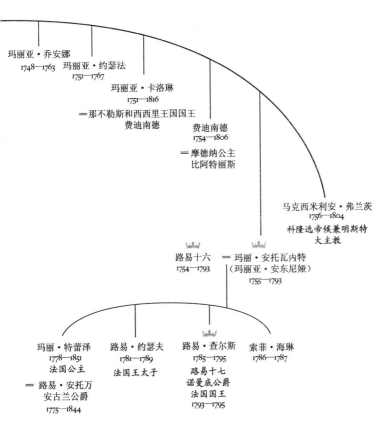

玛丽亚·乔安娜
1748—1763　玛丽亚·约瑟法
　　　　　　　1751—1767
　　　　玛丽亚·卡洛琳
　　　　　1751—1816
　　　=那不勒斯和西西里王国国王
　　　　　费迪南德　　　费迪南德
　　　　　　　　　　　1754—1806

　　　　　　　=摩德纳公主
　　　　　　　比阿特丽斯

　　　　　　　　　　　马克西米利安·弗兰茨
　　　　　　　　　　　1756—1804

　　　　　　　　　　　科隆选帝侯兼明斯特
　　　　　　　　　　　　大主教

路易十六　=　玛丽·安托瓦内特
1754—1793　（玛丽亚·安东尼娅）
　　　　　　　1755—1793

玛丽·特蕾泽　　路易·约瑟夫　　路易·查尔斯　　索菲·海琳
1778—1851　　1781—1789　　1785—1795　　1786—1787
法国公主　　　法国王太子　　　路易十七
　　　　　　　　　　　　　　诺曼底公爵
=　路易·安托万　　　　　　　　法国国王
安古兰公爵　　　　　　　　　1793—1795
1775—1844

弗兰茨一世与玛丽亚·特蕾莎的第一个、第三个和第十个孩子
死于婴幼儿期，因此不在上图之中。

217

哈布斯堡—波旁家族

欧洲历史上最伟大的王朝之一波旁家族,起源于十三世纪法国国王路易九世。

伟大的哈布斯堡王朝为奥匈帝国皇室。哈布斯堡公主玛丽亚·特蕾莎与弗兰茨一世共生育了十六个孩子,他们中的十三个终长大成人。他们最小的女儿玛丽亚·安东尼娅与法国王太子、波旁家族的路易·奥古斯特的联姻,为原本互为竞争的两大王朝的和平结盟带来了希望。

从家族图谱中可以看出,玛丽·安托瓦内特的王室血统始于她的父母。图谱中对生卒日期均有标注。双线代表联姻;单线代表亲子关系。

玛丽亚·特蕾莎皇后:于 1717 年 5 月 13 日生于奥地利维也纳。十九岁时,她嫁给了洛林公爵弗兰茨·斯蒂芬。从 1749 年开始的四十年间,她既是奥地利女大公,又是奥匈帝国的皇后。

弗兰茨一世:1736 年,托斯卡纳大公、洛林公爵弗兰茨迎娶了哈布斯堡王朝继承人玛丽亚·特蕾莎。

1745 年开始，他以神圣罗马帝国皇帝弗兰茨一世的身份统治着国家，直到 1765 年他心脏病突发身亡。

玛丽·安托瓦内特：1755 年 11 月 2 日生于奥地利维也纳，于 1769 年 5 月 16 日在凡尔赛嫁给法国王太子。1774 年 5 月 10 日，当时十八岁的她成为法国王后，并于 1793 年 10 月 16 日被处以斩刑。

路易·奥古斯特：路易王太子与他的第二任妻子萨克森公主玛丽亚·约瑟法的第三个儿子。十五岁时，他迎娶了女大公玛丽·安托瓦内特。作为国王路易十五的孙子和继承人，他后来成为法国国王路易十六。1793 年 1 月 21 日，他被送上断头台。

玛丽·安托瓦内特和路易十六的孩子们

波旁家族的玛丽·特蕾泽·夏洛特：法国大公主，于 1778 年 12 月 19 日生于凡尔赛。她于 1792 年和母亲及弟弟路易·查尔斯一起入狱。1795 年 12 月被释放后，玛丽·特蕾泽嫁给了她父亲最小的弟弟阿图瓦伯爵查尔斯的长子。玛丽·特蕾泽死于 1851 年，一生未育。

路易·约瑟夫：法国王太子，1781 年 10 月 12 日出生。他身患结核病。于 1789 年 6 月 4 日去世。

路易·查尔斯：诺曼底公爵，生于 1785 年 3 月。父亲被处死时，他时年七岁，继承王位，成为路易十七。与母亲和姐姐一起关押期间，路易十七染上了结核病和一种严重的皮肤病。他于 1795 年 6 月 8 日死于丹普尔监狱。

索菲·海琳·比阿特丽斯：路易和玛丽·安托瓦内特最小的孩子，生于 1786 年夏天。1787 年，十一个月的她骤然离世。

让-巴蒂斯特·卡彭特作，玛丽·安东尼娅年轻时的肖像，署名约瑟夫·杜克莱

画家伊丽莎白·路易·维热–勒布伦夫人作，玛丽·安托瓦内特王后肖像

作于十八世纪的路易十六身着加冕礼服肖像

　　玛丽·安托瓦内特和她的孩子们——玛丽·特蕾泽·夏洛特,后来的国王路易十七路易·查尔斯——维热-勒布伦夫人于1787年所作的油画。她的女儿索菲·海琳死于这幅肖像完成前的夏天。据说她曾被安放于画中场景的摇篮里,可是在画作正式公布以前被抹去了

　　奥地利王后、玛丽·安托瓦内特之母玛丽亚·特蕾莎那钢铁般的意志在这幅作于十八世纪的肖像中表现得淋漓尽致

　　杜巴利夫人，国王路易十五的情妇，玛丽·安托瓦内特的劲敌，由维热–勒布伦夫人所作

拥有精致园林、规模盛大的凡尔赛宫的木版画。1682 年至 1790
年，此处为法国王室的官邸。现在，凡尔赛宫成为一处名胜古迹

凡尔赛宫镜厅照片。玛丽·安托瓦内特和路易十六的部分婚礼
庆典就在这间华丽的屋子里举行

1792年，法国人以古怪的卡通形象嘲弄奢侈的皇室，上图所描绘的正是王后和她的家人

一幅描绘攻占巴士底狱的木版画，画中愤怒的市民包围了监狱

　　这是一幅十九世纪由约翰·萨廷所作的版画，以保罗·德拉罗什的画作为原型，描绘了苍白、忧郁的玛丽·安托瓦内特被带出宫廷，走向断头台

关于作者

凯瑟琳·拉斯基向来醉心于历史。她说她着迷于由于父母的缘故而生活在不同寻常的历史境遇中的年轻人的生活。"王子和公主们特别吸引我。他们的命运从来不是由自己决定的，却被赋予厚望。"玛丽·安托瓦内特尤其激起了拉斯基的兴趣。"她那么漂亮，在许多方面却又那么力不从心。她曾经前途无量，最后却以悲剧收场。于我而言，身为一名公主，玛丽·安托瓦内特的人格中集合了一切至善和至恶的东西。"

拉斯基对玛丽·安托瓦内特的生平做了大量的研究。她觉得，有一点对读者们来说极为重要，那就是她所写的一切全部基于事实。除了个别几个人物以外，这本日记中提及的角色都是真实存在的。少数几位虚构的人物包括弗兰克男爵和仆人汉斯。玛丽·安托瓦内特的姐姐伊丽莎白得了天花、遭遇毁容也是真的。尽管许多受此病痛折磨的女人都常常佩戴面纱，她是否也如此则不得而知。杜巴利夫人确有其人，玛丽·安托瓦内特拒绝以任何方式承认她。然而，在真实的历史记载中，玛丽·安托瓦内特第一次跟杜巴利夫人说话是在1772年1月1日。为了这本虚构日记的剧情需要，凯瑟琳·拉斯基将时间提前了一年。

拉斯基小姐第一次邂逅玛丽·安托瓦内特是在她的初中法语课上，而非历史课本中。法语老师称其为"可怜的人"，这引发了她的兴趣。她的老师亨德伦夫人，向拉斯基所在的七年级班级解释说人们可以在物质方面极为富有——就好比玛丽·安托瓦内特，拥有最美丽的衣服、珠宝，漂亮的宠物狗——可是在其他方面却仍旧一无所有。亨德伦夫人说，尽管玛丽·安托瓦内特拥有这些财富，却毫无支配能力；她的生活从来由不得她自己。这个美丽又无辜的姑娘的一生以一种似乎无法想象的可怕悲剧收场，拉斯基说："我思考了玛丽·安托瓦内特怪异的悲剧后发现，其实一切从一开始就是可以预见的。"

拉斯基小姐说她一直想写一本关于玛丽·安托瓦内特的小说，描绘一个藐视历史，违抗其母要求她嫁给法国王太子的命令，最后逃往美国的姑娘。"她会摆脱公主和王后的身份，"凯瑟琳·拉斯基说，"她可能会成为新英格兰的一名农妇，加入美国独立战争爱国者的行列。"

图片致谢

非常感谢允许我使用以下资料的各位：

221 页：玛丽·安东尼娅，卡尔弗图片库

222 页：玛丽·安托瓦内特，SuperStock 图片库

223 页：路易十六，同上

224 页：玛丽·安托瓦内特和她的孩子们，卡尔弗图片库

225 页：玛丽亚·特蕾莎，北风图片库

226 页：杜巴利夫人，SuperStock 图片库

227 页（上）：凡尔赛宫，北风图片库

227 页（下）：凡尔赛宫镜厅照片，SuperStock 图片库

228 页（上）：皇室的卡通形象，国会图书馆

228 页（下）：攻占巴士底狱，北风图片库

229 页：玛丽·安托瓦内特被革命法庭判处死刑，国会图书馆